IQ《アイキュー》探《たん》偵《てい》ムー

飛ばない!? 移《い》動《どう》 教《きよう》 室《しつ》〈下〉

作◎深沢《ふかざわ》美《み》潮《しお》　画◎山田《やまだ》J太《じぇいた》

ポプラ社

暗いなかをみんな懐中電灯ひとつだけで歩いていくのだ。
「行くわよ！」
瑠香の号令とともに、元たちは一気に
三階の奥の部屋を目指した。

GIGANt

深沢美潮《ふかざわみしお》

武蔵野美術大学造形学科卒《むさしのびじゅつだいがくぞうけいがっかそつ》。コピーライターを経《へ》て作家《さっか》になる。著作《ちょさく》は、『フォーチュン・クエスト』、『デュアン・サーク』（電撃文庫《でんげきぶんこ》）、『菜子《なこ》の冒険《ぼうけん》』（富士見《ふじみ》ミステリー文庫）、『サマースクールデイズ』（ピュアフル文庫）など。ＳＦ作家クラブ会員《かいいん》。

みずがめ座《ざ》。動物が大好《だいす》き。好きな言葉は「今からでもおそくない！」。

山田 Ｊ 太《やまだじぇいた》

１／26生《う》まれのみずがめ座《ざ》。Ｏ型《がた》。漫画家兼《まんがかけん》イラスト描《か》き。絵に関《かん》する事《こと》に携《たずさ》わりたくて、現在《げんざい》に至《いた》る。作品《さくひん》は『ICS 犀星国際大学《さいせいこくさいだいがく》Ａ棟《とう》302号《ごう》』（新書館《しんしょかん》WINGS）、『GGBG ！』（ジャイブＣＲコミックス / ブロッコリー）、『あさっての方向《ほうこう》。』（コミックブレイドMASAMUNE）。１巻《かん》の発売《はつばい》の頃《ころ》にやってきた猫《ねこ》も、ワイルドにすくすくと育《そだ》っています。

★目《も》次《くじ》

★登場人物紹介《しょうかい》●●●

杉下元《すぎしたげん》

小学五年生。好奇心旺盛《こうきしんおうせい》で、推理小説《すいりしょうせつ》や冒険《ぼうけん》ものが大好きな少年。ただ、幽霊《ゆうれい》やお化けには弱い。夢羽《むう》の隣《となり》の席。

三枝《さえぐさ》校長《こうちょう》、高科《たかしな》めぐみ、水谷賢也《みずたにけんや》、中山佳美《なかやまよしみ》

銀杏《いちょう》が丘第一《おかだいいち》小学校の先生。

茜崎夢羽《あかねざきむう》

小学五年生。ある春の日に、元《げん》と瑠香《るか》のクラス五年一組に転校してきた美少女。頭も良く常《つね》に冷静沈着《ちんちゃく》。

金崎《かねざき》まるみ、久保《くぼ》さやか、佐々木雄太《ささきゆうた》、末次要一《すえつぐよういち》、高橋冴子《たかはしさえこ》、竹内徹《たけうちとおる》、水原久美《みずはらくみ》、三田佐恵美《みたさえみ》、安山浩《やすやまひろし》、吉田大輝《よしだたいき》

五年一組の生徒。

小林聖二《こばやしせいじ》

五年一組の生徒。クラス一頭がいい。

大木登《おおきのぼる》

五年一組の生徒。食《く》いしん坊《ぼう》。

河田一雄《かわだかずお》、島田実《しまだみのる》、山田一《やまだはじめ》

五年一組の生徒。「バカ田トリオ」と呼《よ》ばれている。

小日向徹《こひなたとおる》

五年一組の担任《たんにん》。あだ名は「プー先生」。

江口瑠香《えぐちるか》

小学五年生。元《げん》とは保育《ほいく》園《えん》の頃《ころ》からの幼《おさな》なじみの少女。すなおで正義感《せいぎかん》も強い。活発で人気もある。ひとりっ子。

杉下英助《すぎしたえいすけ》、春江《はるえ》、亜紀《あき》

元《げん》の家族。妹の亜紀《あき》は小学二年生。

★上《じょう》巻《かん》のあらすじ ●●●

初秋、杉下元《すぎしたげん》たち銀杏《いちょう》が丘第一《おかだいいち》小学校の五年生は、二泊三日《にはくみっか》の移動教室《いどうきょうしつ》に出発した。しかし、全員が参加するわけではなく、杉下元《すぎしたげん》のクラスでは、両親の仕事のため海外へ行く高瀬成美《たかせなるみ》、塾《じゅく》の試験と重なった末次要一《すえつぐよういち》、三年生の二学期から不登校の吉田大輝《よしだたいき》の三人が不参加だった。

楽しい移動教室《いどうきょうしつ》のはずだが、行く前から元《げん》は不安でしかたなかった。というのは、移動教室の宿舎《しゅくしゃ》である「朝霧荘《あさぎりそう》」には座敷童《ざしきわらし》が出るという噂《うわさ》があるのだ。その上、先生たちがお化けに扮装《ふんそう》する肝試《きもだめ》し大会まであるという。お化けや幽霊《ゆうれい》が大の苦手の元《げん》はそれが気がかりでしかたない。

着いてみると、朝霧荘《あさぎりそう》はいかにもお化けが出そうな雰囲気《ふんいき》。

元《げん》はいやな予感がする。朝霧荘《あさぎりそう》の二階を元《げん》たち一組が、三階を二組が使うことになった。

一日目のメインイベントは、班《はん》で優勝《ゆうしょう》を競《きそ》うオリエンテーリングである。元《げん》の班は、謎《なぞ》の美少女の茜崎夢羽《あかねざきむう》、幼《おさな》なじみの江口瑠香《えぐちるか》、クラス一頭がいい小林聖二《こばやしせいじ》、小学生とは思えないほど大柄《おおがら》の大木登《おおきのぼる》の五人。バカ田トリオの妨害《ぼうがい》などがあったが、チームワークの良さで、元《げん》たちの班《はん》はみごと優勝《ゆうしょう》する!

しかし、大木《おおき》は侍《さむらい》の銅像《どうぞう》で謎《なぞ》の手を、元《げん》と小林《こばやし》は羊が丘《おか》の塔《とう》で謎の足を見ていた……。

移動教室スケジュール

9月15日

7時	校庭に集合 校長先生や引率の先生の挨拶。生徒代表挨拶
8時	父母に見送られ、出発 バスで目的地「朝霧荘」へ（トイレ休憩あり）
11時半	「朝霧荘」到着
12時	昼食（弁当）
13時	オリエンテーリング
17時	夕食のカレー作りスタート
18時	夕食
19時	風呂
21時	就寝

9月16日

7時	起床
8時	朝食
10時	日居留山登山（自然観察）
13時	日の出牧場にて昼食 その後、体験学習
16時	肝試し大会
17時	バーベキュー大会（表彰式）
19時	風呂
21時	就寝

9月17日

7時	起床
8時	朝食
10時	各班で移動教室のレポート作成
12時	昼食
13時	レポート発表
14時	バスで出発（トイレ休憩あり）
17時半	到着、解散

朝《あさ》霧《ぎり》荘《そう》

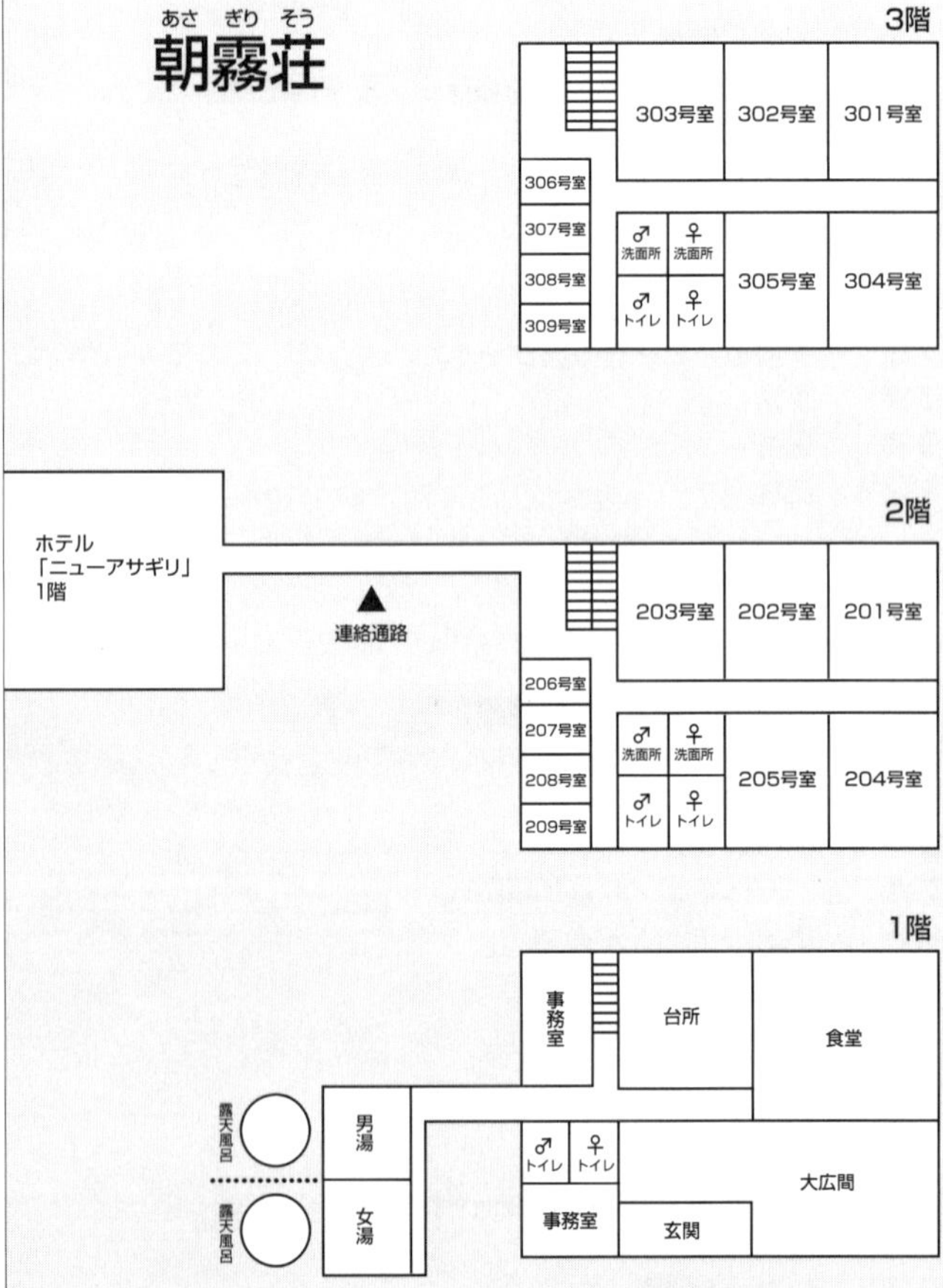
3階
303号室
302号室
301号室
306号室
307号室
308号室
309号室
♂ 洗面所
♀ 洗面所
♂ トイレ
♀ トイレ
305号室
304号室
ホテル「ニューアサギリ」1階
連絡通路
2階
203号室
202号室
201号室
206号室
207号室
208号室
209号室
♂ 洗面所
♀ 洗面所
♂ トイレ
♀ トイレ
205号室
204号室
1階
事務室
台所
食堂
露天風呂
男湯
露天風呂
女湯
♂ トイレ
♀ トイレ
大広間
事務室
玄関

飛ばない!? 移動教室《いどうきょうしつ》〈下〉

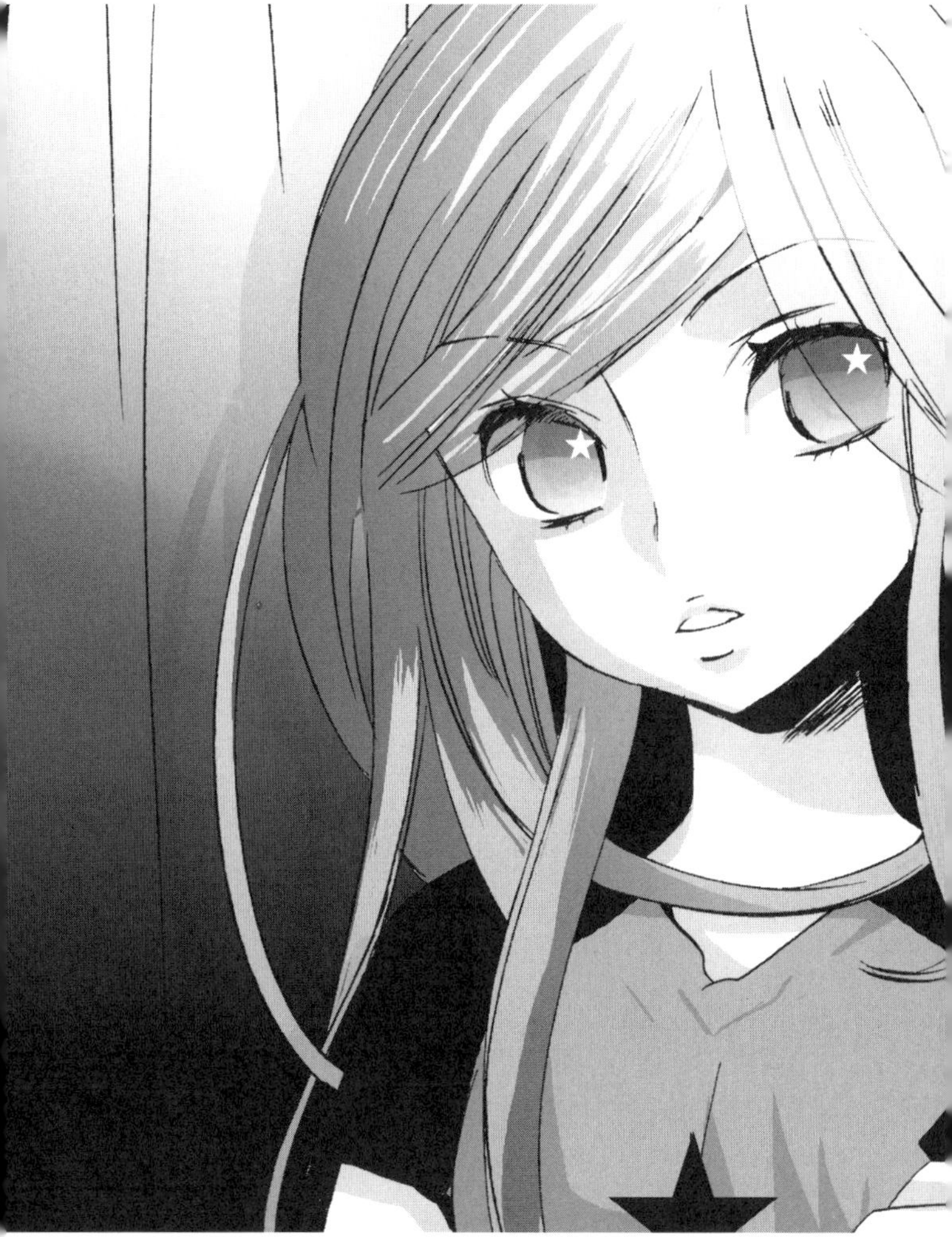

★カレーと温泉《おんせん》、エトセトラ

1

オリエンテーリングが終わり、朝霧荘《あさぎりそう》にもどると、今度は夕食作りだ。

最初の日はカレーと決まっていたから、男子も女子もエプロンを着け、各班《はん》分かれてジャガイモやニンジンの皮むきをしたり、お肉を炒《いた》めたりし始めた。

「わぁ、何すんの？　最初にカレー入れてどーすんのよ！」

「足、足ぃ、踏《ふ》んでるってば。いたあい！」

「うぉお、早く食いてぇ。腹《はら》、空きすぎぃ」

「あ、だめだよ。キュウリ食べちゃ」

百人くらいの料理をいっぺんに作っても平気そうな大きな台所は、生徒たちでごった返している。

材料は先生たちから配給されるのだが、班《はん》によってレシピは様々だ。

メインの具材もビーフ、ポーク、チキン、エビ、ツナ……といろいろ。あらかじめ、生徒たちが決めた材料を先生のほうで用意してくれていた。

なかには、カレーにチョコレートを入れるという班もあったし、キムチを入れようと決めた班もあった。

ちなみに、元《げん》たちの班（杉下元《すぎしたげん》が班長で、小林聖二《こばやしせいじ》が副班長。茜崎夢羽《あかねざきむう》、江口瑠香《えぐちるか》、大木登《おおきのぼる》の五人の班）はフルーツカレー。料理が得意だという大木《おおき》が決めたのだ。

カレーにフルーツ？　と、半信半疑《はんしんはんぎ》だった元《げん》たちも、人が変わったように大木《おおき》が陣頭《じんとう》指揮《しき》をとり、テキパキと料理を作っていくのに驚《おどろ》いた。

ピチピチの服の上から、これまたピチピチのエプロンを着け、頭にはちゃんと三角巾《さんかくきん》。

「元《げん》、ジャガイモはちゃんと芽を取らなくちゃダメだよ」

「あ、茜崎《あかねざき》さん、リンゴはすり下ろしてから入れて」

「江口《えぐち》さん、タマネギは弱火で炒《いた》めて」

「小林《こばやし》くん、ルーは最後だよ！」

などと、的確《てきかく》に指示《しじ》していく。まるで一流レストランのシェフのようだなと、元《げん》は感心した。まぁ、シェフなんて見たことないんだが。

これなら味のほうも期待できそうだなと思っていたが、実際《じっさい》、かなりいけるカレーに仕上がった。

ニンニクを焦《こ》がし、風味を付けて炒《いた》めたチキンに、すり下ろしたリンゴや細かく刻《きざ》んだパイナップル、キウイ、干《ほ》しぶどうなどが入っている。もちろん、根気よく炒《いた》めたタマネギ、ニンジン、ジャガイモといった定番の材料も入っている。

味は甘口《あまくち》だが、それでいてピリっとスパイスが効《き》いていた。

「うまい!! うまいぜぇぇ!!」

味見をしていた元《げん》が思わず叫《さけ》ぶ。

「へへ、だろお？　オレが考案したんだ」

大木《おおき》は額《ひたい》の汗《あせ》をタオルで拭《ふ》きながら、丸い鼻の頭をこすった。

元《げん》たちもエプロンを持ってきている。

夢羽《むう》はどうするだろうと思ってたら、ちゃんと白いエプロンを着けていた。色白の彼女《かのじょ》にはよく似合《にあ》う。ボサボサの髪《かみ》もゴムでひとつに結んでいた。

四十分ほどで、他の班《はん》もそれぞれ完成し、食堂はカレーの匂《にお》いが充満《じゅうまん》していた。

いよいよ食事の時間。

引率《いんそつ》の先生たちに、各班がひと皿ずつ持っていく。どのカレーを食べるかは、先生たちがくじ引きで決めるらしい。

「わたしたちの、誰《だれ》が食べると思う？」

瑠香《るか》が聞くと、夢羽《むう》は笑《わら》いながら首を左右に振《ふ》った。

「プー先生か、めぐみ先生がいいな」

大木《おおき》が言う。プー先生とは五年一組担任《たんにん》の小日向徹《こひなたとおる》先生、めぐみ先生は五年二組担《たん》任《にん》の高科《たかしな》めぐみ先生のことだ。

でも、結局、あの筋肉《きんにく》先生こと熱血体育教師《きょうし》の水谷賢也《みずたにけんや》が食べることになった。

「うへっ、なんだ、これ。フルーツカレー⁇　オレはもっと苦み走った辛《から》い大人《おとな》なカレーがいいのになぁ。はっはっはっ」

大きな声が響《ひび》いてきて、元《げん》たちはゲンナリした顔で見合った。

そして、全員席に着いて、「いただきます！」と声をそろえて言った後である。

並《なら》びのテーブルに座《すわ》っていた隣《となり》のクラスの男子が「あれえ⁇」と騒《さわ》ぎ出した。

「どうしたんだ？」

「さぁ」

元《げん》と小林《こばやし》が首《くび》を傾《かし》げ合う。

他の生徒たちもザワザワし始めた。

どうやらその男子のカレーだけがなくなってしまったらしい。

「ちゃんと人数分よそって置いてたのに……」

その班《はん》の班長はポニーテールの女の子だ。彼女《かのじょ》が眉《まゆ》をハの字にして、口をとがらせる。

「つかしいなぁ。人数、間違《まちが》えたんじゃねえのかあ？」

「違うわよ！　絶対確認《ぜったいかくにん》したもん。間違えっこないよ」

「じゃあ、なんでないんだよ。フォークもスプーンもないんだぜ？」

「知らないわよ！　わたしだって聞きたいくらい」

だんだんと険悪《けんあく》なムードになってくる。

「ねぇ、お皿まだいっぱいあったし、もう一回、よそい直してくれば？　カレーもご飯も、まだあるんでしょ？」

見ていられなくなった瑠香《るか》が口をはさむ。

すると、睨《にら》み合っていた生徒たちもようやく納得《なっとく》し、結局は丸く収《おさ》まった。

「うまい！　おお、けっこううまいぞ、これ！」

その時《とき》、水谷《みずたに》がのんきに大声をあげた。

元《げん》たちはいっせいにそっちを見た。

例のフルーツカレーである。水谷《みずたに》はカレー皿《ざら》を持ち上げ、スプーンでガツガツと飢《う》えた犬のように食べている。

それを横で音楽の中山佳美《なかやまよしみ》先生がさも嫌《いや》そうな顔で見ている。

「ちぇ、あったりまえだぜ！」

元《げん》はそう言うと、スプーンでカレーをすくった。

他のみんなも食べ始めた。

口のなかでフルーツの酸味《さんみ》や甘《あま》さが広がると同時に、スパイシーなカレーの味がおいしい。

「いやぁ、何度も言うけど、ほんとうまいよ。こんなカレー初めてだ」

小林《こばやし》が誉《ほ》める。

「うんうん。大木《おおき》くん、こんな才能《さいのう》があるなんて知らなかった。ねえ、あなた、将来《しょうらい》コックになりなよ。わたしがオーナーになったげる」

と、瑠香《るか》。なんで大木《おおき》がコックで、瑠香《るか》がオーナーなのかわからないが、大木《おおき》もそう言われて悪い気がしないらしく、おおいに照れまくった。

でも、その時だ。

無言で食べていた夢羽《むう》がつぶやいた。

「しかし、おかしいな。さっき彼《かれ》らのカレー、ちゃんと六皿あったのに……」

その声はとても小さくて、ガヤガヤしているみんなには聞こえなかったけれど、隣《となり》で食べていた元《げん》にはハッキリと聞こえた。

ギョっとして、そっちを見る。

さっきの男子は、すでに新しくよそい直したカレーを食べている最中だった。ちょっと辛《から》かったのか、ヒーヒー言いながら食べている。

「座敷童《ざしきわらし》って、こういうことを言うんだろ?」

ポツンと、ついつぶやいてしまった。口に出してしまうと、それが現実《げんじつ》になるようで、自分で言っておきながら、ますます怖《こわ》くなった。

青い顔で夢羽《むう》を見ると、彼女《かのじょ》は少しだけ肩《かた》をすくめてみせた。

ひょえー……、なんだよ、なんだよ。

きっぱり否定《ひてい》してくれよぉ。

2

食事の後は、順番で風呂《ふろ》タイム。

最初は一組。男子と女子とが分かれて、それぞれ男湯、女湯に入る。

入り口には、藍染《あいぞ》めの大きなのれんがかかっていて「湯」という文字が白抜《しろぬ》きになっていた。

「へへ、一番のりぃ！」

「二番のりぃ！」

「三番！」

バカ田トリオの河田《かわだ》一雄《かずお》、山田《やまだ》一《はじめ》、島田《しまだ》実《みのる》が元《げん》たちの横をすり抜け、風呂場《ふろば》に走っていく。

「ちぇ、転ぶなよ」

元《げん》がつぶやいた瞬間《しゅんかん》、島田《しまだ》がもののみごとにステーンとやってしまった。ガラガラガッシャーン！　と、オケやら何やらが散乱《さんらん》する音が響《ひび》く。

「はは、やっぱりな」

小林《こばやし》が笑う。

脱衣場《だついじょう》はリノリウムの床《ゆか》で、木のロッカーが壁際《かべぎわ》に並《なら》んでいる。古い籐製《とうせい》のかごがたくさん置かれてあって、そこに脱《ぬ》いだ服を入れるようになっていた。

裸《はだか》になってみると、小林《こばやし》がさらに色白なのがわかった。でも、均整《きんせい》がとれていて、筋《きん》肉《にく》もちゃんとついていたりする。

ガキそのものの元《げん》とはちょっと違《ちが》う。

大木《おおき》が大きなおなかをゆらしながら、ぺたぺたと歩いてきた。

「ねぇ、安山《やすやま》、海水パンツはいて入るんだって」

「ええ？　なんで」

「さあ。恥《は》ずかしいんじゃない？」

「ちぇ、風呂《ふろ》に海水《かいすい》パンツかよ。風流じゃねえなあ！」

と、見る。たしかに、安山浩《やすやまひろし》はひとり、海水パンツをはいて、こそこそ風呂場に入っていった。しかし、そんなおいしいエサを見逃《みのが》すバカ田トリオのはずがない。かわいそうに、安山《やすやま》はすぐさま寄《よ》ってたかって、海水パンツを取られてしまった。

初めのうちこそ泣きそうな顔をしていたが、なければないで、もうしかたがないわけで。むしろすっきりした顔になり、男子たちとお湯のぶっかけ合いを始めた。

そこに元《げん》たちもやってくる。

もうもうと湯気が上がり、壁《かべ》が見えないほどだ。

「こらぁ！　先にちゃんと体洗《からだあら》ってから入れ！」

ぬーっと入り口からプー先生が顔を出し、大声で言った。

「へーい！」

「ふわぁーい！」

と、おとなしく返事をすると見せかけ、みんなプー先生目がけ、お湯をかけた。

しかし、敵《てき》もさる者。かけられる前にピシャっと扉《とびら》を閉《し》めた。毎年やられているから、よくわかっているのだ。

元《げん》は、さっきのカレー事件《じけん》のことが頭から離《はな》れず、お湯の掛《か》け合いや風呂《ふろ》で泳いだり潜《もぐ》ったりするのにも身が入らなかった。いちおう、ちゃんとやってはいたが。

それでも、外にある露天風呂《ろてんぶろ》に飛びこんだ時にはすっかり頭から消えてしまった。

大きなゴツゴツした岩で囲まれた露天風呂。周りを垣根《かきね》で囲ってあるが、隣《となり》の女風呂も同じような造《つく》りになっているらしく、女子の声が聞こえてきた。

夢羽《むう》の声は聞こえないけれど、きっといっしょに入ってるんだろう。

ぼわんっ！　と、彼女《かのじょ》の裸《はだか》が浮《う》かんでくる。

いや、別にリアルに想像《そうぞう》したわけじゃない。なんとなく白くて細い体が頭に浮《う》かんだっていうだけだ。

あがが、あがん。

元《げん》は、とぷんっとお湯に潜《もぐ》った。

その隣に大木《おおき》が入る。ざばぁぁぁっ！　と、お湯が溢《あふ》れ出た。

押《お》し流されそうになり、ぶわっと顔を出す。

と、その時、

「おい、奇襲攻撃《きしゅうこうげき》だ！」

垣根《かきね》の近くまでそーっと忍《しの》び寄《よ》ったバカ田トリオたち。手にはお湯をいっぱい入れたオケ。「せーのっ！」で、お湯を女風呂《おんなぶろ》にかけた。

「きゃあ――!!」

「ばか!!」

と、女子の声。しかし、すぐさまお湯がこっちに降《ふ》ってきた。

こうなると、もう止まらない。元《げん》たちも参戦する。

「きゃっはっはっは!!」

「うわ、こっちもやるぜ」

「きゃわわ」

「ばっかじゃないの？」

「ひゃっはっは」

ひとしきり騒《さわ》ぎまくったあげく、ようやく騒ぐのにも飽《あ》き、もう一度露《ろ》天《てん》風《ぶ》呂《ろ》につかった。

3

「おい、見てみろ。すげー！」

山田《やまだ》がぐりぐりと目を丸くして空を指さした。

元《げん》たちも見上げ、声が出ないほど驚《おどろ》いた。

ポツンと小さな灯籠《とうろう》の明かりだけしかない暗い露《ろ》天《てん》風《ぶ》呂《ろ》。そこから見上げた夜空は、見たこともないくらい満天の星空だったからだ。

「おーい、空見ろ、空。星がすげーぞ!!」

島田《しまだ》が隣《となり》の女子たちに声をかける。

しばらくして、

「あ、ほんとだ‼」

「すっごーいきれい！」

と、声がもどってきた。

星と星の間に、あんなにたくさんの星があるなんて知らなかった。チカチカと瞬《またた》いて、こっちを見下ろし、笑っているようだ。

「すげぇな」

「ああ、すげぇ。あれ、ほら。白鳥座《はくちょうざ》だな」

「え？　どれどれ⁇」

元《げん》と小林《こばやし》は星空を見上げ、特徴《とくちょう》のある十文字を見つけた。ひときわ光るふたつの星もクッキリ見える。

「隣《となり》のはベガだ」

と、小林《こばやし》が言う。

「小林《こばやし》って、星座《せいざ》、くわしいんだな」

元《げん》はすっかり感心していた。

星を見るのは好きだが、こんなふうに実際《じっさい》の星空を目の前にすると、どれがどれなのかわからないものだ。

後ろで大木《おおき》も、いっしょに見て、同じようにしきりに感心していた。

その時、三人は同時に視線《しせん》を感じた。

空のほうからじゃなく、もうちょっと下。

「ん?」

と、視線を下ろしていき、元《げん》はお湯のなかで固まった。

ちょうど露天風呂《ろてんぶろ》を見下ろすような位置に、二階の連絡《れんらく》通路がある。例のホテルへ通じる通路だ。

その中央あたり。通路は電気もついていないから暗い。よくよく見ないとわからない。

しかし、元《げん》も小林《こばやし》も大木《おおき》もはっきり見た。

その連絡通路の窓《まど》がひとつだけ開いていて、こっちを見ている子供《こども》がいたのだ。

もちろん、顔とかは見えない。

暗い通路に、黒い影《かげ》……。

でも、なぜか強い視線《しせん》だけは感じた。

三人、顔を見合わせる。

「ねぇねぇ、あれ、誰《だれ》??」

「こっち見てる?」

「えー、やらしー!」

女子たちも気づいたんだろう。ざわつく声が聞こえてきた。

「あ、もういない」

大木《おおき》が指さす。

たしかに、もう窓《まど》も閉《し》まっていた。

暗いからだろうけど、連絡《れんらく》通路のどこにも気配すらないのだ。

またまたゾ――――っとする。

「隣《となり》のクラスのやつかな。ホテルのほう、行っちゃいけないって言われてたのに」

と、元《げん》があわてて言ったのに、小林《こばやし》がニヤっと笑った。

「座敷童《ざしきわらし》だったりして」

その瞬間《しゅんかん》、元《げん》は頭がくらっとした。

しかし、その後、もっともっとゾっとすることが起きた。

「ほら、もう上がれ上がれ。次が待ってるんだからな!!」

再《ふたた》びプー先生の声。

みんなでぞろぞろと風呂《ふろ》から上がっていった時、露天風呂《ろてんぶろ》の隅《すみ》っこにひとりだけ、いつまでたっても上がろうとしない子供《こども》がいたのだ。

「おい、もう上がれってさ」

元《げん》が立ち止まって呼《よ》びかけた。

その時、ちゃんと『そいつ』はこっくりとうなずいた。

たしかにうなずいた!

なのに、いっこうに上がろうとしない。なぜなんだろう? 誰《だれ》なんだろう? と、目をこらした。

なにせ暗い露天風呂だ。湯気もモワモワしていて、よく見えない。

「どうかした？」

先に行っていた小林《こばやし》がもどってきた。

「いや、なんかひとりだけまだ風呂《ふろ》に入ってるやつがいるからさ」

元《げん》が指さす。

しかし、小林《こばやし》は首を傾《かし》げた。

「いないよ、誰《だれ》も」

元《げん》は、目を通常《つうじょう》の倍くらいにして、『そいつ』のいた方向を見た。

ほんとだ。いない!!

う、うそ。マ、マジかよ!!

「おい、元《げん》、元《げん》!!」

小林《こばやし》の声が遠くで聞こえた……ような気がした。

4

「元《げん》、だいじょうぶか？」

大木《おおき》が心配そうに聞いてくれる。

フラっと軽く気を失って、脱衣場《だついじょう》まで小《こ》林《ばやし》におぶってってもらったのだ。

こんなこと、女子たちに知られたら、どれだけバカにされるかわからない。特に瑠《る》香《か》になんて聞かれた日には。

「なぁ、絶対《ぜったい》絶対、内緒《ないしょ》にしてくれよ！」

小林《こばやし》と大木《おおき》に念を押《お》す。

「もちろん、言わないさ」

「うんうん。言わない、言わない」

まぁ、彼《かれ》らは言わないだろうが、他の男

子たちが問題だ。とはいえ、ひとりひとり、口止めして回るなんてできっこないし。

「あぁーあぁ」

ため息をついていると、小林《こばやし》が冷たい水を入れた紙コップを持ってきてくれた。

「ほら、元気《げんき》だしなよ。それより、どうしたんだ？　何か見たんだろ？」

三人は脱衣場《だついじょう》から出たところにある休憩所《きゅうけいじょ》にいた。古ぼけたソファーがふたつ置いてある。

元《げん》は水を飲み干《ほ》し、ようやく一息ついた。

三人とも、パジャマ代わりのトレーナーとジャージ姿《すがた》である。

「あのなぁ……絶対《ぜったい》笑うなよ？　露天風呂《ろてんぶろ》の奥《おく》に、もうひとりいたような気がしたんだよ」

「もうひとり？」

大木《おおき》は拭《ふ》いても拭いても噴《ふ》き出てくる汗《あせ》をタオルでゴシゴシ拭きながら、聞いた。

「ああ、さっきの、ホテルのほうに行く連絡《れんらく》通路の？」

「いや、違《ちが》うよ。だから、露天風呂の奥って言っただろ？」

「露天風呂《ろてんぶろ》の奥《おく》って、露天風呂の奥!?」

「そうだよっ!!」

イライラして、つい大きな声を出すと、小林《こばやし》が「まぁまぁ」となだめてくれた。

「誰《だれ》かがイタズラしたのかな」

「イタズラって?」

「だからさ。隣《となり》のクラスのやつとかが。こっそり露天風呂の奥のほうから逃《に》げ出すわけ。無理かなぁ?」

「うーむ。無理じゃないとは思うけど、そんなにこったこと、わざわざするかな。寒いだろ、逃《に》げる時とか真《ま》っ裸《ぱだか》なんだし」

「そうだねぇ。ちょっと考えにくいな」

「だろ? だったら、何かって話だ」

元《げん》がさもイヤそうに言うと、小林《こばやし》がいとも簡単《かんたん》に言った。

「やっぱり、噂《うわさ》通り座《ざ》敷童《しきわらし》がいるのかもな!」

「……………………」

とたんに元気がなくなって、青い顔になった元《げん》の横に座《すわ》り、大木《おおき》はどこに持っていたのか、チョコレートバーをぼりぼりやっている。

それを見ていると、ひとりでビビったりして、バカらしくなってくる。だいたい本当にいたのかどうかも疑《うたが》わしくなってくる。

「んだな。オレの見間違《みまちが》いかもしれない」

そう言って、わざと明るく笑い飛ばそうとしたのだが、

「でもさ、さっきの……連絡《れんらく》通路にいたあの子供《こども》はみんなが見てたもんな」

と、小林《こばやし》。

ううぅ、困《こま》った。このままでは気になって眠《ねむ》れそうにないじゃないか!!

そう。元《げん》が心配だったのは、夜中のトイレである。

自分の家でも、夜、トイレに行くのはイヤだ。見慣《みな》れた家のなかも、シ――ンとした深夜は別の家のような感じがするものだ。

しかも、元《げん》の家のトイレはドアの外側ではなく、内側に電灯のスイッチがある。

つまり、ドアを開く時は、内側は真っ暗なのだ。

怖《こわ》がりの人ならわかってもらえると思うが、この……ドアを開くという行為《こうい》がどれほど恐《おそ》ろしいものか。

何もいないというのはわかっていても、ドアを開くと、そこから何かが飛び出してきそうでしかたない。あるいは、知らない人がただ立っているだけでも、オシッコちびりそうになる。いや、ちびる！

と、力説してもしかたないのだが、こんな、いつ何か出てもおかしくないような古ぼけた宿舎《しゅくしゃ》の暗い廊下《ろうか》をひとりで歩いていく……、そしてさらに暗いトイレにひとりで入っていく……。

なんて、思っただけでもゆうううつになる。

いちおうトイレには何度か行った。昼間だというのに、そうとうダメダメなトイレだった。

壁《かべ》にはヒビが入ってるし、小さな窓《まど》からは外の森がうっそうと茂《しげ》っているのが見えていたし、手を洗《あら》うところもカビが生えていて薄《うす》気味悪い。

でも、元《げん》はちゃんと考えていた。

夜になったら、できるだけ水を飲まない。寝《ね》る前に、友達《ともだち》を誘《さそ》ってトイレに行っておく。最低、二回くらいは行く。

これで完璧《かんぺき》だろう。家では、夜中にトイレに立つなんてことめったにないわけだし。

よしよし……と思い直した元《げん》は、自分の手を見てがくぜんとなった。

たった今、飲み干《ほ》したばかりの紙コップがあったからだ。

だ、だ、だめじゃん!! 水なんか飲んだら!!

すると、小林《こばやし》が心配そうな顔で聞いた。

「元《げん》、水、お代わりいるか?」

「い、いらないっ!!」

元《げん》が思いっきり頭を左右に振《ふ》ると、濡《ぬ》れた頭から水が四方に飛び散った。

そのようすを見て、小林《こばやし》も大木《おおき》も顔を見合わせたのだった。

5

夜ともなれば、先生たちがいくら大声を出そうが、各部屋《へや》とも大変な騒《さわ》ぎである。

枕《まくら》投げはもちろんのこと、敷《し》き詰《つ》めた布団《ふとん》の上でドッスンバッタン、相撲《すもう》大会やプロレスが始まる。

元《げん》たちの部屋も例外ではない。

彼《かれ》らが休憩所《きゅうけいじょ》から部屋にもどると、いきなり顔面に枕を何個《なんこ》も立て続けにぶつけられた。

「やったなぁあああ!!!」

「きゃっはっはは、やったがどうしたっ⁉」

「このやろおお‼」

座敷童《ざしきわらし》のことも、夜中のトイレの心配もひとまず置いといて、体当たりで仕返しだ。

ガチンと、頭と頭がぶつかる。

「ってぇえええ‼」

「いってぇえ！」

ふたり、頭を押《お》さえて座《すわ》りこむ。

ぶつかった相手《あいて》は、佐々木雄太《ささきゆうた》……小柄《こがら》なわりに筋肉質《きんにくしつ》で母親が書道教室をやってる
……だった。

そこへ背《せ》のヒョロっと高《たか》い竹内徹《たけうちとおる》がダイビング！

しかし、助走がつきすぎて、そのまま柱まで転がり、ゴチーンっとぶつけてしまった。

「いいっいってえ!!」

「ぎゃっはっはっはははははは」

「あっはっはっはっははは」

大笑いしている小林《こばやし》と大木《おおき》にも枕《まくら》がバシバシ飛んでくる。

「い、いてぇ！」

「やったなぁー、こいつ、待て、待てぇえ!!」

「待つか、ばかやろっ」

「どりゃぁああ！」

……といったむじゃきな大騒《おおさわ》ぎを男子たちがやっている一方で、女子の部屋《へや》では、もっぱら「恋《こい》バナ」こと、好きな人の話で大盛《おおも》り上がりだった。

「ねぇ、瑠香《るか》、瑠香《るか》はもちろん元《げん》くんのことが好きなんでしょう?」

いきなりそう聞かれて、瑠香《るか》はひっくり返った。

聞いたのは、三田佐恵美《みたさえみ》だ。日焼けした顔でまるまっちい鼻にクリっとした目。身長も低くて幼《おさな》い雰囲気《ふんいき》なのに、恋バナが大好きだ。

「やめてよ!! ぜーんぜん違《ちが》うってば」

瑠香《るか》が大げさに手を振《ふ》って言うと、他の女子たちも「えぇー!? そうなの?」と口をそろえて聞いた。

瑠香《るか》と親しい高橋冴子《たかはしさえこ》だけは、ニヤニヤ笑っている。彼女《かのじょ》は瑠香《るか》が少し前に知り合いになった峰岸《みねぎし》という刑事《けいじ》のことが好きなのを知ってるからだ。

夢羽《むう》だけでなく、瑠香《るか》も元《げん》も大活躍《だいかつやく》した事件《じけん》の担当《たんとう》だったのだが、若《わか》くて、背《せ》もスラっと高く、かっこいいイケメン刑事なのだ。その上、性格《せいかく》もよくて優《やさ》しいんだから、言うことなしだ。

「ほんとだってて。幼《おさな》なじみだってだけよ」

瑠香《るか》が肩《かた》をすくめて言うと、佐恵美《さえみ》も納得《なっとく》した。

「そうよね。いるいる、そういうの、クサレエンって言うんだってママが言ってた。それに、元《げん》くんは、茜崎《あかねざき》さんなんでしょ？」

瑠香《るか》や元《げん》はそうでもないが、夢羽《むう》を煙《けむ》たく感じている生徒も多い。佐恵美《さえみ》もそのひとりらしく、夢羽《むう》に気がねしてコソコソ話した。

夢羽《むう》はというと、ひとりだけポツンと離《はな》れ、窓《まど》の外をぼんやり見ている。

瑠香《るか》はそっちを見たが、肩をヒョイとすくめた。

「さあねー。ま、たとえそうでも、夢羽《むう》が相手にするとは思えないけどね」

「あっはっはっはっは。言えてるぅ！」

「きゃっはっはは、瑠香《るか》、言い過《す》ぎだよぉー！」

「ほんとほんと！」

と、ひとしきり大笑い。

元《げん》もまさかこんなところで、話題にされているとは知らなかった。

今度は金崎《かねざき》まるみが聞いた。

「じゃ、誰《だれ》が好きなの？　小林《こばやし》くん??」

名前の通り、体も顔も丸い。ふわふわと柔《やわ》らかそうな感じで、話し方もソフトだ。

小林《こばやし》の名前が出たとたん、他の女子たちがいっせいに、「きゃぁぁあ────!!」

と声をあげた。

「小林《こばやし》くんはだめー！」

「そうよそうよ。他にいないんだもん」

「彼《かれ》は、みんなのアイドルってことで、ひとつ」

「だよねぇ！」

「まぁ、そうね。うちのクラスでまともなのって、彼くらいだもんね」

瑠香《るか》がうんうんとうなずくと、冴子《さえこ》がびっくりした顔で聞いた。

「うそ。瑠香《るか》ちゃん、マジで小林《こばやし》くんだったの？」

この一言でまたまた黄色い声が響《ひび》きわたる。

「ちがうちがう、ちがうってばぁあ!!」

何度も手を振《ふ》って違《ちが》うと言《い》い張《は》っても、みんな聞いてもくれない。

「違うの。わたしが好きなのは……！」

と、そこまで言った時、それまで大騒《おおさわ》ぎだった部屋《へや》がシーンと静まり返った。みんな瑠《る》香《か》に大注目である。

瑠《る》香《か》は真《ま》っ赤《か》になって、口をへの字につぐんだ。

「い、言わないわよ。言ったって、みんな知らないし、つまんないじゃん……」

「ええー？　言ってよ、言ってよ。気になるじゃん」

「そうだよ、知らなくたっていいからあ!!　お願い、一生のお願い！」

三田佐恵美《みたさえみ》なんて、手をこすり合わせて頼《たの》んでいる。こんなことに、一生分のお願いをしていいものなんだろうか。

「峰岸《みねぎし》さんって人！」

しかたなく瑠《る》香《か》が言うと、みんな興味津々《きょうみしんしん》という顔で聞き始めた。

「誰《だれ》？　それ」

「いくつの人？」

「どんな人？　かっこいい⁇」

瑠香《るか》は山のように後悔《こうかい》してしまった。好きな人と言ったたって、相手は大人《おとな》なんだし。

冴子《さえこ》が韓国俳優《かんこくはいゆう》のウォン・ビンが好きって言ってるのとたいして変わりない。

真っ赤《まか》な顔で、手をぶんぶん振《ふ》った。

「いいでしょー？　もう。どうでも。それより、そっちはどうなのよぉ！」

「ああ、わたしぃ⁇」

と、三田佐恵美《みたさえみ》。

モジモジしながらも、「じゃ、誰《だれ》にも言わないでよ⁉」と、告白し始めた。

しかし、彼女《かのじょ》の好きな人というのは週替《しゅうが》わりなので、誰《だれ》も笑いながらでしか聞いていない。

とはいえ、その時一番好きな人というのがバカ田トリオの河田《かわだ》だったもんで、みんないっせいに「ぎゃ――――っ！」と悲鳴をあげた。

それはもう小林《こばやし》の名前が出た時の華《はな》やいだ悲鳴とは、まったく違《ちが》う。「ぎゃー」とか「うげー」とか「げげー」とか。

それはそれで大盛《おおも》り上《あ》がりで。ついに、プー先生がやってきて、

「こらぁぁあ!! なんべん言ったらわかるんだ。もう寝《ね》なさい。消灯、消灯。こら、三《み》田《た》。電気、消しなさい!!」

と、怒《おこ》られてしまった。

怒られているのは、瑠香《るか》たちの部屋《へや》だけではない。他の部屋からも先生たちの怒鳴《どな》り声が聞こえてくる。

こうして、電気が消えていき、ようやく静寂《せいじゃく》が、男子の部屋にだけ訪《おとず》れたのだった。

女子の部屋?

彼女《かのじょ》たちは真っ暗になっても、布団《ふとん》のなかでゴソゴソ、コソコソと内緒《ないしょ》話を続け、いつまでたっても、クスクス笑ったりしていた。

それでも、十二時を過《す》ぎた頃《ころ》には、ようやくどこの部屋もシーンと静まり返り、先生たちもヤレヤレと胸《むね》をなで下ろしたのだった。

6

しかし……。

先生たちも全員ぐっすりと眠《ねむ》りこんでしまった丑三《うしみ》つ時《どき》。つまり、夜中の二時半あたり。

なぜか元《げん》はバッチリ目を覚ましてしまった。

寝《ね》る時には、すぐ眠《ねむ》れるかどうかと心配する暇《ひま》もなく、ばたんと寝てしまったというのに。

トイレには寝る前に二度も行っておいたし、水分を取るのも控《ひか》えていたから、トイレの心配はない……はずだったのに。

緊張《きんちょう》したせいか、環境《かんきょう》が変わったせいか、急におなかが痛《いた》くなってきてしまったのだ。

つまり、大のほうのトイレに行きたくなってしまった。

おいおい、勘弁《かんべん》してくれよお。

マジかよぉぉ。

これはもう、想定外。大誤算《ごさん》!

もう、泣きそうである。

まさか大のほうをするから、いっしょにトイレついてきてくれと、誰《だれ》かを起こすわけにはいかない。

暗い室内、レースのカーテンがかかった窓《まど》から、星明かりが差しこみ、黒々とした木々の影《かげ》を室内に映《うつ》している。

「ぐがー、ぐがー……」

と、誰かのいびき。

「キリキリキリキリキリ……」

と、これまた誰かの歯ぎしり。

そんな音を聞きながら、元《げん》は脂汗《あぶらあせ》を流し、おなかを押《お》さえて我慢《がまん》していた。

しかし、そんなことしたって、良くなるわけもない。いや、もっともっと事態《じたい》は悪化していくばかり。

しかたない。ひとりでトイレに行くしかない。

そう決意して、布団《ふとん》から起き上がった。

ゾクゾクっとするほど寒くて震《ふる》え上《あ》がった。あわてて、トレーナーの上からジャケットを着こむ。さすがに山間の宿舎《しゅくしゃ》だけあって、深夜ともなれば昼間の暑さからすればウソのように寒い。

そういえば、寝《ね》るまで快適《かいてき》だったのはエアコンが効《き》いてたせいなのかもしれない。とにかく今はシクシクしだした下《した》っ腹《ぱら》に響《ひび》くほど寒かったのだ。

裸足《はだし》でピタピタと畳《たたみ》を歩く。

はぁぁ……やだやだ、なんでこんなことになってしまったんだ。

身の不運をなげき、ため息をついた後にソーっと扉《とびら》を開いた。

もちろん、誰《だれ》も起きやしない。

元《げん》は、友達《ともだち》を起こさないよう、音をたてないようにしているのではなかった。そうじゃない。幽霊《ゆうれい》や座《ざ》敷童《しきわらし》たちに気づかれないよう、こっそりこっそり歩いているのだ。

廊下《ろうか》は真っ暗。

上履《うわば》きをはいて、一歩前に。

突《つ》き当たりの階段《かいだん》のところにポツンとついた暗い電灯の光だけが不気味にさしている。

歩くたびに、ギシっと音がする。

ううう、いた、いたたた……。

時々、思い出したように下《した》っ腹《ぱら》が痛《いた》くなる。

まぁ、熱っぽいわけでもないし、それほどひどい病気でもなさそう。きっと出すものを出してしまえば、すっきりと治ってしまいそうだったが……。

それまでの道のりがどれほど遠く感じられたものか。実際《じっさい》は言うほど遠くはないのだが。

トイレの前に、洗面所《せんめんじょ》がある。薄暗《うすぐら》い室内、両側の壁《かべ》にズラーっと鏡があるのが、目に入った。

ずらっと並《なら》んだ鏡に何か映《うつ》ってたらどうしよう！

いかんいかん、ついついよけいなことを考えてしまう。

電気のスイッチを手探《てさぐ》りで探《さが》す。

冷たいタイルの壁を探り、ようやく見つけてスイッチオン。

夜目に慣《な》れた目には、ものすごくまぶしい。
細めた目で鏡を見る。
そこには、情《なさ》けない顔をした元《げん》が映《うつ》っているだけ。
はあぁぁぁぁぁ、よかった、他には何も映ってないと、安堵《あんど》のため息をつこうとして。
ふと、目をとめた。
元《げん》の後ろ……暗い廊下《ろうか》が鏡に映っていたのだが、そこにぼんやり人影《ひとかげ》が見えたのだ!!
さっき見た時には、たしかに何も映ってなかったというのに。
えっ……!?
う、うそだろ。
心臓《しんぞう》をギュウっと冷たい手でつかまれたような感じがした。
一瞬《いっしゅん》、おなかが痛《いた》いのも消えていた。
おそるおそる振《ふ》り向き、震《ふる》える声で言った。
「だ、だ、だ、誰《だれ》……!?」
すると、洗面所《せんめんじょ》の明るい電灯の下まで、ヌーっと大きな体が現《あらわ》れた。

「ごめん、ごめん。驚《おどろ》かせた⁇」

それは、まるまるしたほっぺの大木《おおき》だった。

どおぉっと肩《かた》の力が一気に抜《ぬ》け落ちる。

「な、なんなんだよ、お、脅《おど》かすなよおお……いぃい、あ、ま、まずい」

一気に安心したからか、また下《した》っ腹《ぱら》がグゴゴゴゴ……と猛烈《もうれつ》に痛《いた》くなってきた。

「げ、元《げん》、だいじょうぶかぁ⁇」

心配そうに声をかける大木《おおき》を、手で制《せい》しながら無言でトイレにかけこんだ。

そして、危機一髪《ききいっぱつ》。なんとかかんとかどうにかなって。

力が抜けた顔でトイレを出ると、まだ大木《おおき》がいた。彼《かれ》もトイレに来たのかと思ったが、
そうではないらしい。

「元《げん》、だいじょうぶか？」

と、また聞いてくる。

「も、もしかして……大木《おおき》、オレのこと心配してくれて、で、来てくれたのか？」

元《げん》が聞くと、大木《おおき》は後ろ頭をポリポリかきながら笑った。

「ま、まぁなぁ。なんか風呂《ふろ》の時も倒《たお》れたりしたし、ぐあい悪そうだったからさ」

「大木《おおき》ぃぃ！」

感激《かんげき》して、元《げん》は大木《おおき》の大きな体に抱《だ》きついた。

「げ、元《げん》、手《て》、洗《あら》ってないだろっ！！　わ、わわわ……！」

「は、ははは。細かいこと、気にするな。それより、よく起きたな。オレ、みんなを起こさないように注意して出てったのに」

しつこいようだが、正確《せいかく》にいうとそうではない。

本当は幽霊《ゆうれい》や座敷童《ざしきわらし》たちに気づかれないよう、音をたてないようにしていただけなのだが。

大木《おおき》は顔を赤くして笑った。

「へへへ、実はさぁ、あんまり腹《はら》が減《へ》って、布団《ふとん》のなかで夜食食べてたんだよ」

★登山と牧場体験

1

「だっらしないなぁ、気絶《きぜつ》するなんて。聞いたよ!?」

翌朝《よくあさ》、早速《さっそく》瑠香《るか》に言われ、元《げん》は口をとがらせた。

「ち、ちがわい。ちょっとクラっとなって座《すわ》りこんだだけだ。気絶なんて大げさな」

「でも、小林《こばやし》くんにおんぶされて、脱衣場《だついじょう》まで行ったたって話よ？　かっこわるーい」

「う、ううぅ」

うらめしげに小林《こばやし》を見る。

彼《かれ》は、あわてて両手を振《ふ》って無実だと主張《しゅちょう》した。

きっと他の男子たちが大げさにふれまわったんだろう。

チラっと夢羽《むう》のほうを見たが、幸い彼女《かのじょ》は興味《きょうみ》がないようでボサボサの長い髪《かみ》を眠《ねむ》そうにかきあげたりしていた。

はぁ、それにしても昨夜は驚《おどろ》いた。二連発だったからよけいだ。

やっぱり座敷童《ざしきわらし》の噂《うわさ》は本当だったんだな……。

それに、真夜中のあの予想外の出来事!!

こっちの話は今のところ誰《だれ》にももれていないようだった。

大木《おおき》、けっこう頼《たよ》りになるじゃないか。今まであまりゆっくりふたりで話すことなんてなかったから、知らなかったけれど。

あんなかっこわるいことが女子たちに知られたら……。

いやいや、そんなことより、問題は夕方の肝試《きもだめ》し大会だ!!

元《げん》は短い髪《かみ》を両手でガシガシとやった。

まぁ、その前に午前中から山登りやったり、牧場見学したり、肝試し大会が終わればバーベキュー大会があったりと、スケジュールは盛《も》りだくさん。

肝試し大会なんて、たったの一時間程度《ていど》だ。

あっという間に終わる。そうだそうだ!!

元《げん》は自分を元気づけた。

朝食をすませると、日居留山《ひいるさん》の登山である。

宿舎《しゅくしゃ》のすぐ近くにある山で、たいした坂道ではない、ごく初心者向きの山だという噂《うわさ》だったが、すぐにそうでもないというのがわかった。

「なんだよぉ、どこが初心者《しょしんしゃ》向けだよぉ……」

「くそおぉ、だましたなぁあ」

「もうだめえ、疲《つか》れた。先生、休もうよぉ」

生徒たちははぁはぁと息も絶《た》え絶えに文句《もんく》を言った。

さすがに先生たちは大人《おとな》だからか、どんどん登っていく。あのプー先生ですらそうなのだ。

「こらこら、いい若《わか》いもんが情《なさ》けないぞぉ！」

と、すいすい登っていくのだから、これにはみんなびっくりしてしまった。

一番先にへたばるだろうと予想していたからだ。

「すげえなぁ、プー先生」

「なんかクマそのものだね、後ろ姿《すがた》なんて」

元《げん》が感心して言うと、隣《となり》を行く瑠香《るか》が変な感心の仕方をした。

まぁ、たしかにこんもりとした丸い背中《せなか》といい、ドスドス歩いていくようすといい。

テレビで見たクマによく似《に》ていた。

「へっへっへ、そうだそうだ、情《なさ》けないぞぉー！」

「おっさきぃー!! おい、一番乗りしようぜ」

「よぉーし、競争だ!!」

と、瑠香《るか》たちの脇《わき》をわざとらしくジグザグ走行するバイクのように走っていったのは、河田《かわだ》、山田《やまだ》、島田《しまだ》のバカ田トリオだ。

「こら、最初から調子に乗って飛ばしていくと、後で辛《つら》いぞ！ ペースを守って歩いていけ！」

プー先生が大声で注意をするが、そんなことを素直《すなお》に聞く彼《かれ》らではない。

あっちの木、こっちの木とぐるぐる回ったり、ジャンプしたり。よけいなエネルギーを発散しながら、走って登っていく。

見ているだけで疲《つか》れてくる。

「もっと楽なパンツにすればよかった」

隣《となり》のクラスの女子が心底後悔《こうかい》したふうに言った。

見れば、ピッチピチのブーツカットジーンズである。腰《こし》のところにジャラジャラとチェーンを付け、歩くたびに鳴っている。

かと思えば、登山だというのにスカートをはいている女の子もいる。

「まーったく。何、考えてんだか」

瑠香《るか》があきれかえったように言う。

いつもミニスカートの彼女《かのじょ》も、今日はばっちり登山しやすそうなコーデュロイのパンツである。薄いベージュで、後ろポケットにモコモコしたアップリケがついている。

流行のイラストがプリントされた黄色いT《ティー》シャツを着て、腰《こし》にはオレンジ色のトレーナーを巻《ま》いている。

山頂《さんちょう》はいくら晴れでも一枚《いちまい》上着を持って行かないと寒いぞと、先生たちから脅《おど》かされていたからだ。

その隣《となり》を歩く夢羽《むう》は、昨日《きのう》とたいして違《ちが》わない格好《かっこう》。ぶかっとしたワークパンツにトレーナー、その上に紺色《こんいろ》のパーカーというスタイルだ。

対照的なふたりの後ろを元《げん》と小林《こばやし》が続き、そして、大木《おおき》がふうふう言いながらついてくる。

相変わらず重そうなリュックを背負《せお》っているのを見れば、その中身がなんなのか、聞かなくてもわかる。

深い森を抜けていく山道。

このあたりもまだ紅葉《こうよう》はしていない。

高い木、低い木、いろんな木が両脇《りょうわき》にあり、風が吹《ふ》くたびに木漏《こも》れ日が細い道を躍《おど》る。

そこここから、鳥の声が聞こえ、草の匂《にお》いがワっと全身を包みこむ。

時おり冷たい秋風が吹《ふ》き抜《ぬ》け、汗《あせ》ばんだ頬《ほお》や首筋《くびすじ》に心地《ここち》よかった。

いい天気だからよかったが、曇《くも》りとか小雨《こさめ》だったら最悪だ。きっとガタガタ震《ふる》えるくらいに寒かっただろう。

今日《きょう》も昨日《きのう》もちょうどいい天気で、よかったよかったと先生たちは顔を合わせるとその話をしていた。

「でも、本当に山頂《さんちょう》まで行くつもりなのかなぁ」

色白の小林《こばやし》は顔をほんのり上気させて言った。

「うん。毎年、そうだって」

瑠香《るか》が振《ふ》り返って言う。

すると、生徒たちを見て回っていためぐみ先生がにっこり笑って言った。

「校長先生、若《わか》い頃《ころ》、登山部だったんですって。それに、今も時々登山はなさるそうよ」

「ひぇー、ほんと⁇」

元《げん》が目を丸くして聞き返す。

「ええ、本当よ。なんだったら、後で聞いてみるといいわ」

めぐみ先生はそう言うと、サッサと軽い足取りで先頭を行く三枝《さえぐさ》校長たちのほうへ歩いていってしまった。

校長先生、うちのおばあちゃんより年上だと思うのに。すごいなぁ。たいしたもんだ！

友達《ともだち》思いの大木《おおき》、チームのことを考えてくれてた夢羽《むう》、星座《せいざ》にすごくくわしい小林《こばやし》、そして登山部にいた校長先生……などなど。今まで知らなかったいろいろ意外な面が見られて面白《おもしろ》い。

元《げん》は改めてそう思い、前を行く夢羽《むう》の後ろ姿《すがた》を見た。

目深《まぶか》にかぶったキャップから出たバサバサの長い髪《かみ》が風をはらんでゆれている。

彼女《かのじょ》も、それなりにこの移動教室《いどうきょうしつ》を楽しんでいるようだし。

なんだかホっとする元《げん》なのだった。

2

「お―――い、もうすぐ山頂《さんちょう》だぞぉ、みんながんばれ！　もう一息だ」

プー先生の声が遠くから聞こえてきた。

顔を上げると、校長先生もぐるぐる手を振《ふ》って叫《さけ》んでいる。

「すごいわよー！　遠くまで見渡《みわた》せて、きれいよぉー！」

それまで、みんな喋《しゃべ》ることも忘《わす》れ、ただただ足下を見ながら、一歩一歩、重い足取りで山道を登っていた。

そんなに高い山じゃないらしいのに、このきつさ。

富士山《ふじさん》やエベレストに登る人って、いったいどうなってるんだろう⁉

元《げん》は本気でそう思った。

できれば、大人《おとな》になったら富士山《ふじさん》もエベレストも、機会《きかい》があれば挑戦《ちょうせん》してみたいと思っていたのだが、早くも挫折《ざせつ》しそうだ。

だから、プー先生や校長先生の声はものすごくうれしかった。

みんなも顔を上げ、今までの重い足取りはどこへやら。早く山頂《さんちょう》に着きたい、景色《けしき》を見たいと元気に歩き出した。

森林のなかを通るこれまでの道と違《ちが》い、山の上のほうは、ゴロゴロとした石が転がる歩きにくい道だ。

そこを一歩一歩登っていく。

ほっそりした体形の夢羽《むう》が、汗《あせ》ひとつかかず、ずっと同じペースで登っていくので、元《げん》も瑠《る》香《か》も驚《おどろ》いた。


ようやく頂上《ちょうじょう》！

元《げん》も最後はかけ上がった。

すごい！！！

三百六十度、見渡《みわた》す限《かぎ》り、山、山、山……。

青い山に白っぽい山、緑の山、茶色の山……。

雲ひとつかかっていないからずっとずっと遠くまで見渡《みわた》せる。

この大パノラマに、しばらくみんな言葉も失っていた。

「ほーら、苦労したかいがあっただろ。これが、車でサっと来ただけで見た景色《けしき》なら、ありがたみもないぞ。『おとうさーん、早く昼ご飯にしようよお』ってな。すぐ車にもどろうとするんだ」

プー先生がいやに実感をこめて言ったもんで、近くにいた先生たちはドっと笑った。

「やっほおおお――――!!」

「やっほぉ――――!!」

「やっほぉぉ――――!!!!」

山頂《さんちょう》でやることと言ったら、これである。ひとりが始めると、みんながいっせいに始めた。

「やっほおおお――――!!」

「やっほぉ――――!!」

「やっほぉぉぉ――――!!!!」

あちこちの山に反射《はんしゃ》するせいか、返ってくる木霊《こだま》のほうが多い。

「すげー!! 本当に木霊してる」

「本当本当!!」

「嘘《うそ》かと思ってたのに」

と、生徒たちは口々に言い、しばらくは「やっほー」「やっほー」とうるさかった。

「おまえら、木霊も知らなかったのか? あれはな。いろんな山に木霊という精霊《せいれい》がいて、声を返してきてるんだぞ」

プー先生が小鼻をぴくぴくさせながら話すと、高橋冴子《たかはしさえこ》たちが、

「んなわけないじゃん!!」

と、ゲラゲラ笑った。

「まったく。おまえらは夢《ゆめ》がないんだからなぁ。本当だぞ? 帰って、インターネットで調べてみろ。木霊《こだま》っていうのは外国でも日本でも精霊《せいれい》として言い伝えられてるんだからな」

まだブツブツ言ってるプー先生の横で、生徒たちは「やっほー」だけではなく、思い思いの言葉を叫《さけ》び始めた。

「わぁぁぁあ――――!!」

「宿題がなんだぁ――――!!」

「逆上《さかあ》がりがなんだぁあ――――!!」

「算数なんか嫌《きら》いだぞぉおお――――!!」

「サッカー選手になるぞおお!!」

「もっと遊びたぁあーい!」

「いっぱい朝寝坊《ねぼう》したいぞぉおお――――!!」

遠くの山々に住むという木霊《こだま》たちはとても律儀《りちぎ》な性格《せいかく》らしく、どんな願いも苦情《くじょう》も、みんな残らず返し続けたのだった。


そして。

やっぱり……というか、当然というか。

山頂《さんちょう》にみんなが到着《とうちゃく》しても、バカ田トリオだけへばってしまい、なかなか登ってこない。

他の生徒たちは思い思いに写真を撮《と》ったり、休憩《きゅうけい》したりして遊んでいるというのに。

「ったく。しかたのないやつらだな！　いっちょ、活を入れてきてやる！」

と、すごい勢《いきお》いでダッシュしていったのは、筋肉《きんにく》先生こと水谷《みずたに》先生だ。

その後ろ姿《すがた》を見送り、元《げん》たちはゲラゲラと笑った。

その笑い声は高い空に吸《す》いこまれていきそうだった。

3

登ってきた道とは別の山道をぐるっと回って、日《ひ》の出《で》牧場へ。

みんなもう腹《はら》がぺこぺこで、口を開けば昼ご飯はなんだろうと話していた。

広々とした牧場には、牛や馬が放牧されている。木の柵《さく》が続き、向こうには牛舎《ぎゅうしゃ》や飼《か》い葉《ば》を作るサイロがあった。

元《げん》たちが到着《とうちゃく》した時、牧場の奥《おく》からパッパカパッパカ……と茶色の馬が一頭走って近づいてきた。

背《せ》には、おじさんが乗っている。

背が高く、がっしりした体型でカウボーイハットをかぶっていて、かなりかっこいい。

日に焼けた顔には何本もシワがあって、無《ぶ》精《しょう》髭《ひげ》も生えていた。

元《げん》たちは顔を見合わせた。

映画《えいが》の一シーンのようだったからだ。

元《げん》たちの近くまで来ると馬がピタっと止まった。

「いらっしゃい！　お待ちしてましたよ」

おじさんは、軽くカウボーイハットを上げてみせた。

ポカンと口を開けて見上げている生徒たち。プー先生は笑いながら、紹介《しょうかい》してくれた。

「この日《ひ》の出《で》牧場の牧場主、加藤治《かとうおさむ》さんだ。みんな挨拶《あいさつ》！」

元《げん》たちは声をそろえて、「こんにちはー!!」と大声で言った。

すると、加藤《かとう》はニヤリと笑い、ヒラリと馬から降《お》り立った。

そのカッコイイこと！

たぶん……いや、絶対《ぜったい》プー先生より十歳《じっさい》くらい年上だというのに、十倍以上カッコイイ。

「さて、それじゃここにある草を全部あっちのサイロの前に運んでもらおうかな。昼飯はそれからだ」

姿《すがた》もカッコイイが、声も渋《しぶ》い。

しかし、みんなそんなことどうでもいいという顔で、いっせいに苦情《くじょう》を言った。

「うっそー。腹減《はらへ》ったぁあ」

「死にそう」

「昼ご飯が先だよぉー」

「ひぇー」

加藤《かとう》はそんな生徒たちをさもおかしそうに見回しながら、馬を連れて歩き出した。

「え？　ど、どういうこと？」

「さぁ……」

元《げん》と小林《こばやし》が首をひねっていると、加藤《かとう》がくるっと振《ふ》り返った。

「ほら、さっさと来ないと昼飯が逃《に》げていくぞ!!」

またまた起こるため息と文句《もんく》。

結局、草を運んでから昼飯というのは加藤《かとう》の冗談《じょうだん》だったのだ。いちいちいいリアクションをする生徒たちに、加藤《かとう》も大満足のようす。

プー先生はペコリと頭を下げた。

「今年《ことし》もよろしくお願いします」

「喜んで。しかし、プー先生、また少し太られましたか？」

「い、いやはや、ま、まいったなぁ」

ふたりは話しながら、山小屋風の建物があるほうへ歩き出した。生徒も後についていく。

「あのぉー、どうして日《ひ》の出《で》牧場って言うんですか？」

すぐ後ろを歩いていた瑠香《るか》が聞くと、加藤《かとう》は笑って答えた。

「いい質問《しつもん》だね、お嬢《じょう》ちゃん。ここの牧場から素晴《すば》らしい日の出が見られるんだよ。だから、付けたんだ」

そして、どうして牧場主になったかを道すがら話してくれた。

彼《かれ》は、子供《こども》の頃《ころ》、ウエスタン映画《えいが》を見て憧《あこが》れ、大学生《だいがくせい》の頃《ころ》から牧場で修行《しゅぎょう》をし、やっと今自分の牧場を持てるまでになったんだそうだ。

つまり、代々牧場をやっているというのではなく、加藤《かとう》の父は普通《ふつう》のサラリーマンだったというのを聞いて、元《げん》たちはびっくりしてしまった。

そうかぁ。

もしかすると、夢《ゆめ》みたいなことでも実現《じつげん》できるかもしれないんだなぁ。

元《げん》の夢《ゆめ》は、インディ・ジョーンズのように世界中を冒険《ぼうけん》して回って、古代の秘宝《ひほう》を発見したり、謎《なぞ》を解明《かいめい》したりする人。

父親の英助《えいすけ》は、「そうだぞ。今の元《げん》なら、やる気になればなんだって可能《かのう》なんだからな！よし！　じゃあ、父《とう》さんもいっしょに行こうかな!!」と大乗り気で聞いてくれた。

その点、母親の春江《はるえ》は現実主義者《げんじつしゅぎしゃ》である。

「まーったく。だったら、今からちゃんと勉強しなさいよ。ジョーンズ先生だって、大学の考古学者なんですからね。それには、いい大学出て、大学院で研究しなくっちゃ。それに父さんだって、元《げん》について行くんだったら、もっと運動でもして足腰鍛《あしこしきた》えておかなくっちゃね」

まぁしかし、頭から無理だとか夢《ゆめ》みたいなこと言ってると断言《だんげん》しないところがいい。

食堂のある建物は案外広く、観光客用のレストランやお土産《みやげ》ショップもあった。

生徒たちは全員、食堂に直行。

テーブルの上にはすでにお弁当《べんとう》がズラっと並《なら》べられていた。ひとりひとり牛乳《ぎゅうにゅう》パックがついていたが、当然ここの牛乳《ぎゅうにゅう》だった。

パックにはクレヨンで描《か》いたようなお日様マークがある。

全員、交代で手を洗《あら》い、班《はん》の全員が集まったところから順次食事開始。

「うっまそう!!」

お弁当《べんとう》のフタを開け、大木《おおき》がこれ以上ないってくらいに幸せそうにため息をついた。

チキンの照り焼き、ポテトサラダにチェリートマト、クリームコロッケ、ウィンナーソーセージ、炊《た》きたてのご飯の上には白いごまと梅干し。これにワカメと豆腐《とうふ》のみそ汁《しる》がつく。

「おみそ汁、いくらでもお代わりしてくださいね！」

大きな声で言うのは、加藤《かとう》の奥《おく》さんの好子《よしこ》。ウエスタン映画《えいが》から抜《ぬ》け出たような加藤《かとう》の奥さんなら、もっとそれっぽくロングスカートをはいたりしているのかと思ったが、セーターにエプロン、ジーパンというごく普通《ふつう》の格好《かっこう》だった。

パチンと割《わ》り箸《ばし》を割り、みんな声を合わせて「いただきます！」を言う。

自然と笑顔《えがお》になって、「ぐふふふ」と笑い出す。

これはどの班《はん》も同じで、それが面白《おもしろ》かった。

まずは、チキンの照り焼きを口に頬張《ほおば》った元《げん》。

「うんまぁー‼」

と、声をあげる。

「ほんとー、このポテトサラダもおいしいよ！　リンゴが入ってる。夢羽《むう》、食べてみて」

瑠香《るか》が言うと、夢羽《むう》も一口食べて、大きな目を輝《かがや》かせた。

「おいしい……」

「でしょお⁉　こんなポテトサラダ、生まれて初めて！　よかったぁ、生まれてこれて」

これにはみんな大笑い。

「しっかし、ほんとにうまいよ。クリームコロッケもサクサクだし。それでいて、口のなかでトロっととろけるんだ」

小林《こばやし》がまるでグルメの評論家《ひょうろんか》のように言うと、またまた大笑い。

日頃《ひごろ》こんなに歩くこともないし、腹《はら》が減《へ》ることもない。それに、こうして苦労を分かち合った仲間たちと食べるから、よけいにおいしいのだ。

元《げん》は、しばし、肝試《きもだめ》し大会のことも完璧《かんぺき》に忘《わす》れ、心からこの昼食を楽しんだ。

大木《おおき》はみそ汁《しる》もご飯もお代わりして大満足だったが、瑠香《るか》には全部食べきれないほど多かった。元《げん》や小林《こばやし》は残さず食べたが、動けないほど満腹《まんぷく》になってしまった。

それなのに、夢羽《むう》はペロリと平らげ、平気な顔をしている。

あの細い体のどこに入るんだろう⁇　夢羽《むう》のおなかのなかは異次元《いじげん》につながっているんじゃないだろうか。

元《げん》はそんなことを思ったりした。

そうそう。もちろん、日《ひ》の出《で》牧場特製《とくせい》牛乳《ぎゅうにゅう》も味が濃《こ》くておいしかった。牛乳嫌《ぎら》いな生徒もこの牛乳は飲めると喜んでいたくらいだ。

昼食の後は、いよいよ牧場で体験学習である。

4

鶏《にわとり》の卵《たまご》を集める。

ブタにエサをあげる。

馬の体にブラシをかける。

牛の乳《ちち》しぼり。

干《ほ》し草積み。


これが主な体験学習の内容《ないよう》である。

これを班《はん》ごとに分かれて体験する。あらかじめ、くじ引きで何をするか決定していたから、それぞれの説明を聞き、体験を始めることになった。

しかし、みんな昼食がめいっぱいおいしくて、満腹過《まんぷくす》ぎて、動くのもままならない。

「もう少し休憩《きゅうけい》してたいよぉ……」

「腹《はら》がいてえ」

「おなかいっぱぁい……」

「動きたくない」

口々に文句《もんく》を言いながら、ノロノロと食堂から出ていく。

加藤《かとう》は目の端《はし》にシワを何本も寄《よ》せ、笑いながら怒鳴《どな》った。

「ほらほら、とっとと持ち場につく！　グズグズしてると、牛舎《ぎゅうしゃ》の掃除《そうじ》に回すぞ！」

さっきまであんなに優《やさ》しそうだったのにと、みんな目を丸くした。

牛舎の掃除というのがどういうものかわからないけれど、なんとなくきつそうだしつらそうだというのはわかる。

だから、みんなとたんにシャキシャキ動き始めた。

「なんだ。やろうと思《おも》えばできるじゃないか。ほら、そこの。どこ行くんだ!?　おまえらは乳《ちち》しぼりだったな。牛舎はあっちだあっち!!　そこのお兄《にい》さんについて行け！」

注意されたのは、例によってバカ田トリオだった。

こっそり抜《ぬ》け出し、店の売店でおいしいと評判《ひょうばん》のソフトクリームでも食べようかと計画を練っていたのに、早くも見抜《みぬ》かれてしまったのだ。

「ちぇ、失敗だぜ」

島田《しまだ》が言うと、

「なんだ、オレたちはお客なんだぞ」

と、河田《かわだ》。

「そうだそうだ。お客に仕事させようってのか？」

山田《やまだ》も眉《まゆ》をハの字にして文句《もんく》を言う。

なおもコソコソ文句を言っていた三人の背後《はいご》に、加藤《かとう》はツカツカとウエスタンブーツを鳴らして近づいた。

そして、襟首《えりくび》をつかんだかと思うと、ポーンと建物の外に放り出してしまった。

「おまえらは、牛舎掃除《ぎゅうしゃそうじ》決定!!」

これには、みんな大爆笑《だいばくしょう》。

バカ田トリオは半べそ状態《じょうたい》だったが、プー先生も笑うばかりでフォローしてくれそうにない。それどころか、

「牛舎の掃除だって、立派《りっぱ》な体験学習だ。牛たちの迷惑《めいわく》にならないよう、しっかり働いてこい！」

と、激励《げきれい》する始末。

結局、乳《ちち》しぼりをしている班《はん》の隣《となり》で、牛《うし》のふんを運んだり、床《ゆか》をブラシでこすって掃《そう》

除《じ》したりという仕事をさせられる羽目になってしまったのである。

ちなみに、彼《かれ》らと同じ班《はん》の水原久美《みずはらくみ》と久保《くぼ》さやかは予定通り乳《ちち》しぼりである。

彼《かれ》らのすぐ横、牛舎《ぎゅうしゃ》の入り口で、元《げん》たちは馬の体にブラシをかける仕事をすることになった。

「うわぁ、なんかおっかないな」

一番体の大きな大木《おおき》がびびった声をあげる。

たしかに。思ったより、すごく大きい。

馬が二頭並《なら》んでいて、栗毛《くりげ》の馬のほうを元《げん》たちの班が、黒毛の馬を隣《となり》のクラスの班が、それぞれブラシをかけることになった。

栗毛の馬はブフフフゥンと、鼻息荒《あら》くこっちを向いて、しきりに体をゆすった。

「馬って、ヒヒィ――ンって鳴くんじゃないんだな」

元《げん》が変なことに感心していると、瑠香《るか》も、

「胴体《どうたい》が丸いし、お尻《しり》も大きい。こーんなにあるよ!」

と、目を丸くして、手を目いっぱい広げてみせた。

「小林《こばやし》くんは馬、乗ったことあるんじゃない？」

瑠香《るか》が聞くと、小林《こばやし》はさわやかに笑ってみせた。

「やっぱりぃ。じゃないかと思った。趣味《しゅみ》、乗馬……って感じだもんね」

「いや、そこまではやってないよ。小さい頃《ころ》、何回か乗っただけだ。それより、茜崎《あかねざき》のほうが経験《けいけん》ありそうだな」

隣《となり》で聞いている夢羽《むう》に言う。

夢羽《むう》はどっちともつかない表情《ひょうじょう》で、馬を見ていた。

そこに、

「はい、皆《みな》さん、こんにちは！」

と、元《げん》たちに明るく声をかけてくれたのは、まだ二十歳《はたち》くらいの女性《じょせい》。

髪《かみ》をキュっとひとつに縛《しば》っていて、日に焼けた笑顔《えがお》がチャーミングな人だ。小柄《こがら》だから、大きな馬の世話をするのは一苦労じゃないかと思うのだが、サッサと機敏《きびん》に動いてテキパキ指導《しどう》してくれた。

「鈴木由美《すずきゆみ》といいます。よろしくお願いします！」

「よろしくお願いします‼」

「よろしくお願いします！」

元《げん》たちも、隣《となり》のクラスの班《はん》も大きな声で言う。

「毎日必ず、このブラシかけや蹄《ひづめ》の手入れをします！　この時、大切なことは、ちゃんと馬に声をかけてやりながらすることです。人間でもそうですよね？　いきなり体をさわられたらびっくりします。『これからブラシをかけるよー！』とか『いい気持ちだねー！』などと言ってあげてください。それから、絶対《ぜったい》にしてはいけないこと。それは、馬を脅《おど》かしたり、馬の後ろに行ったりすることです。馬は臆病《おくびょう》ですから、びっくりすると、攻撃《こうげき》してきます。『馬に蹴《け》られて死んでしまえっ！』という言葉がありますが、本当に亡《な》くなった人もいます。絶対にしないでください」

鈴木《すずき》がそう言うと、大木《おおき》はますますビビって元《げん》の後ろに隠《かく》れてしまった。もちろん、大きな体の彼《かれ》が隠れることなどできないのだが。

馬の横に踏《ふ》み台《だい》を置き、その上に乗って、ブラシをかけていく。

最初はおっかなびっくりだった元《げん》たちもだんだん慣《な》れていくうちに楽しくなってきた。

「この子は、ルイーザという女の子です。まだ若《わか》い馬です。そうね、皆《みな》さんよりはお姉《ねえ》さんですけどね。とっても気性《きしょう》が優《やさ》しくて、人間の言うことをよく聞くいい子です」

鈴木《すずき》はそう言うと、ルイーザの背《せ》をぽんぽんと叩《たた》いてやった。

「へー、かわいい。ルイーザ、気持ちいい？　わたしは瑠香《るか》っていうのよ。瑠香《るか》、わかる？」

そう言われても困《こま》るだろうにと元《げん》は思ったが、ルイーザは耳をクルっと瑠香《るか》のほうに向けて、しきりに聞いてるようにうなずいた。

「ほらほら、わかったみたいよ。ね、ね、見て見て!!」

瑠香《るか》は大喜び。

すると、鈴木《すずき》はニコニコしてうなずいた。

「そうよ。ちゃんと聞いてるの。まぁ、内容《ないよう》をみんなわかってるとは思えないけど、でも、馬《うま》はとっても賢《かしこ》い動物ですからね。心を開いた人には、ちゃんとこうして耳を向けて聞くの。『馬の耳に念仏《ねんぶつ》』っていうことわざがあるけど、あれは嘘《うそ》ね。馬のほうがよっぽど人の話を聞いてるんじゃないかと思うことがあるわ」

「へぇー、そうなんだ。ルイーザ、オレ、元《げん》っていうんだ。よろしくな!!」

元《げん》も試《ため》しに声をかけてみた。

しかし、なぜかルイーザは耳をこっちに向けもせず、ブフブフ言いながら元《げん》を鼻面《はなづら》で押《お》した。

「う、うわぁああ」

「元《げん》くんの言うことは聞かないみたいね」

鈴木《すずき》が笑うと、他のみんなも大笑いした。

5

一通り、全員がブラシをかけおわると、鈴木《すずき》が、

「じゃあ、少しだけ乗ってみる⁇」

と、言ってくれた。

もちろん、みんな大喜び。ビビっていた大木《おおき》も慣《な》れてきたんだろう。

心配そうな顔で言った。

「オレでもだいじょうぶですか？」

「もちろんよ。大人《おとな》でも平気ですからね。じゃ、ちょっと待っててね。準備《じゅんび》をするから」

鈴木《すずき》はそう言うと、ルイーザの背中《せなか》に鞍《くら》を載《の》せ、胴《どう》にベルトを通し始めた。長い顔にも革《かわ》のベルトを着けた。これに手綱《たづな》が付く。

「おいおい、馬に乗れるのかぁ？」

掃除用《そうじよう》のブラシを持った山田《やまだ》が牛舎《ぎゅうしゃ》のなかからノコノコ出てきた。

「そうよ！　ふっふっふ、うらやましいでしょ？」

瑠香《るか》が挑発的《ちょうはつてき》に言う。

山田《やまだ》は眉《まゆ》をギュっと上げ、口をへの字にした。

「なんだよ、それ。不公平だぞ。ひいき、ひいき！」

「何言ってんのよ。あんたたちが真面目《まじめ》に聞かなかったからでしょ。当然よ」

すると、山田《やまだ》はむくれた顔のまま黙《だま》って牛舎に帰っていった。

それを見送り、元《げん》は少しだけかわいそうかな？　と思った。

でも、瑠香《るか》はあくまでも厳《きび》しい。

「ふん、当然よ、当然!!」

その時、牛舎《ぎゅうしゃ》のなかから山田《やまだ》と入《い》れ違《ちが》いのように牧場主の加藤《かとう》がやってきた。

「お、さっき質問《しつもん》したお嬢《じょう》ちゃんたちか。どうだい？　馬は。かわいいもんだろう？」

「はい。ちゃんとこっちの言うこと聞いてくれるのがいいです。それに、目もかわいいです！」

瑠香《るか》がハキハキ答えると、加藤《かとう》は目を糸のように細めた。

「そうだよ。馬は賢《かしこ》いからね。ちゃんと心をこめて話しかければ、絶対《ぜったい》に通じる」

その時、食堂のほうから奥《おく》さんが大きな声で加藤《かとう》を呼《よ》んだ。

「電話よぉー!!」

加藤《かとう》はクルっとそっちを見ると、また元《げん》や瑠香《るか》を見て、手をあげた。

「じゃあ、十分に楽しんで」

そして、大股《おおまた》で食堂のほうへと歩いて行ってしまった。

事件《じけん》は、そのすぐ後に起こった。

「さあ、いいわよ。一番は誰《だれ》？」

鈴木《すずき》が聞くと、瑠香《るか》は手を高くあげた。

「は――い!!」

「じゃあ、まず台に上ってね。あぶみに左足をかけて、鞍《くら》の前の部分を持って、勢《いきお》いをつけてまたがります。ルイーザはおとなしい馬だからだいじょうぶよ。思い切ってまたがってみてね。怖《こわ》がらないで」

瑠香《るか》は踏《ふ》み台《だい》に上がり、鈴木《すずき》に言われた通り「えいやっ」と鞍にまたがろうとする。

でも、何度やってもうまくいかない。

「うーん、なんでかな。思ったより、馬の背中《せなか》が高いんだよね」

瑠香《るか》が焦《あせ》って、額《ひたい》を何度もこする。

「いいわよ、焦らなくって。だいじょうぶ。ちゃんとルイーザは乗せてくれるから」

鈴木《すずき》に励《はげ》まされ、瑠香《るか》はもう一度挑戦《ちょうせん》した。

「えいっ‼」

ふわっと瑠香《るか》の体が高く浮《う》き、今度はスポっと鞍《くら》に座《すわ》ることができた。

「やった‼」

「おおおっ！」と、元《げん》たちが声をあげる。

と、ちょうどその時だ。

「へへへ、なんだよ。へっぴり腰《ごし》で」

「やめとけ、やめとけ‼　馬が迷惑《めいわく》だぞ」

「そうだそうだ。オレたちが代わりに乗ってやる！」

それぞれ掃除用《そうじよう》のブラシを高々と両手にかかげ、ダッダッダッとバカ田トリオが牛舎《ぎゅうしゃ》から飛び出してきた。

それも、絶対《ぜったい》行ってはだめよと鈴木《すずき》が注意していた、ルイーザの背後《はいご》に向かって。

「あっ、だめよ！　脅《おど》かしちゃ！」

鈴木《すずき》が青い顔で叫《さけ》んだ時には遅《おそ》かった。

ルイーザは飛び出さんばかりに目を大きく見開き、前脚《まえあし》を高く上げた。

「きゃああああああ!!」

とっさに鞍《くら》にしがみつき、瑠香《るか》が悲鳴をあげる。

その声にさらに驚《おどろ》いたようで、ルイーザは瑠香《るか》を乗せたまま馬場のほうに向かって走り出してしまった。

鈴木《すずき》も手綱《たづな》を持っていたのだが、ルイーザがものすごい力でダッシュしたため、つい離《はな》してしまったのだ。

しかも、ルイーザに急に引《ひ》っ張《ぱ》られて前のめりに派手《はで》に転んだ。

「きゃああああああああ!!!」

瑠香《るか》は叫《さけ》びながら、振《ふ》り落とされないよう必死に鞍《くら》にしがみついた。

しかし、馬は上下、前後に大きくゆれる。

「やだやだやだあああ!!」

泣きそうな声をあげる。

一瞬《いっしゅん》の出来事で、みんなどうすることもできない。

鈴木《すずき》はなんとか起き上がり、走ってルイーザを追いかけようとしたが、人間の足で追いつくようなスピードではない。それに、さっき転んだ時に足を痛《いた》めたらしく、片足《かたあし》を引きずっている。

その上、ルイーザはそのまま柵《さく》をジャンプし、馬場の外に出てしまった。

瑠香《るか》の絶叫《ぜっきょう》もだんだん遠ざかっていく。

「きゃあぁ、やだぁ!!」

隣《となり》のクラスの女の子が顔をおおって泣き出してしまった。

「ど、ど、どうしようっ!!」

元《げん》が真《ま》っ青《さお》になってつぶやいたのと、夢羽《むう》がダッシュしたのと、ほぼ同時だった。

なんと!!

夢羽《むう》は、隣《となり》のクラスの班《はん》がブラシをかけていた黒い馬にかけよると、馬の背《せ》に手をかけた。

そう。こっちの馬はまだ鞍《くら》さえ着けていないのだ。

しかし、夢羽《むう》はそんなことおかまいなしに、トンと地面を蹴《け》り、まるで重力がないようにヒラリとまたがった。

そして、

「ハイヤッ!!」

と、声をかけ、馬の腹《はら》を両足《りようあし》で蹴《け》った。

パカラッ、パカラッ、パカラッ!!

軽快《けいかい》な音をたて、土を蹴《け》り上げながら、黒い馬は小柄《こがら》な夢羽《むう》を乗せ、ルイーザを追いかけ始めたのである!!

6

夢羽《むう》を乗せた馬は、馬場の柵《さく》を見事に跳《と》び越《こ》えた。

「す、すっげぇ!!」

呆然《ぼうぜん》としていた島田《しまだ》がつぶやいた。

他のみんなも目をまん丸にして見入っている。

その時、鶏《にわとり》小屋《ごや》のほうにいたプー先生がまるまるした体をゆすりながらかけつけた。

「どうしたんだ⁉」

「江口《えぐち》さんが乗ってた馬が暴走《ぼうそう》を始めて、茜崎《あかねざき》さんが他の馬に乗って、追いかけてるんです」

小林《こばやし》が頬《ほお》を紅潮《こうちょう》させて興奮気味《こうふんぎみ》に言う。

それを聞いて、プー先生は真《ま》っ赤《か》な顔でうめいた。

「な、なんだとぉぉ⁉」

「す、すみません。わたしがうっかりして……」

鈴木《すずき》が真《ま》っ青《さお》な顔で謝《あやま》る。そして、

「と、とにかく、誰《だれ》か助けを呼《よ》んできます！」

と、痛《いた》めた足を引きずりながら歩き出した。

それを見て、プー先生は首を振《ふ》った。

「いえ、あなたはそこで生徒たちを見ててください。わたしが呼《よ》んできます。加藤《かとう》さん、どこですか⁉」

「さっき食堂のほうに行きましたから、たぶんまだそこでしょう」

「わかりました！」

プー先生はまた体をゆすりながら、食堂のほうへ走っていった。

なすすべもなく、たたずんでいる元《げん》たち。

さすがに責任《せきにん》を感じたのか、河田《かわだ》が真《ま》っ赤《か》な顔で言った。

「くっそぉー!!　オレたちでなんとかしようぜ」

「ど、どうするんだよ！」

島田《しまだ》が聞く。

「追いかけるんだ！」

「そ、そ、そうだな!!　よし、追いかけようぜっ」

山田《やまだ》は少しへっぴり腰《ごし》だったが、河田《かわだ》の勢《いきお》いにおされ、うなずいた。

「だ、だめよ。ここにいてちょうだい！」

鈴木《すずき》があわてて三人をとめようとした。

しかし、ちゃんと言うことを聞くバカ田トリオのわけもなく、

「だいじょうぶ!!　オレたち、足、速いし！」

「そうだそうだ。リレー、いっつも選手だし！」

「マラソン大会でも上位だもんな」

と、変な理屈《りくつ》をつけて走り出そうとした。

元《げん》はあわてて彼《かれ》らの前に立った。

「だ、だめだよ!!　今、オレたちが行ったら、馬がかえって興奮《こうふん》するよ！」

「そうだよ。騒《さわ》ぎが大きくなったら、よけい危《あぶ》ない。加藤《かとう》さんを待ったほうがいい」

小林《こばやし》も加勢《かせい》してくれた。

「やめろよぉ!!」

大木《おおき》も、両手を広げて三人を行かせまいと立ちはだかった。

しかし、バカ田トリオも真剣《しんけん》な表情《ひょうじょう》だ。

「ジャマすんなよ!!」

「オレたちのせいなんだから、オレたちでなんとかするんだ!!」

「ここにただボケっといたってしかたねえだろ??」

と、小競《こぜ》り合《あ》いをしていた時だ。

「どうしたんです⁉」
「何かあったの⁉」
校長先生とめぐみ先生が、何事かとかけつけてきた。
バカ田トリオの三人は、ふたりを見ると、肩《かた》をすくめ、ようやく走り出すのをやめた。
小林《こばやし》が先生たちに事のいきさつを話している横で、元《げん》はまるで今起こっていることが
ウソのように感じていた。ウソっていうか、夢《ゆめ》っていうか。
こんなことが起こるなんて信じられない。
なんとかならないだろうか⁉
もし、瑠香《るか》が落馬でもしたら……！
いやなことばかり頭に浮《う》かんでくる。
いや、だいじょうぶだ。だって、夢羽《むう》が追いかけていったじゃないか。
スーパー少女の夢羽《むう》のことだ。
絶対《ぜったい》になんとかしてくれる。
元《げん》は両手をギュッと握《にぎ》りしめ、祈《いの》った。

その時、やっとプー先生が加藤《かとう》を連れてもどってきた。

加藤《かとう》は目を細めたままだが、見るからに厳《きび》しい表情《ひょうじょう》だ。

「す、すみませんっ！　わたしがついていながら……」

鈴木《すずき》が青い顔で言いかけたが、加藤《かとう》はそれを手で制《せい》した。

「どうやら……なんとか無事なようだな」

「……えっ!?」

その言葉にびっくりしたのは鈴木《すずき》だけじゃない。

プー先生も、元《げん》も小《こ》林《ばやし》も大木《おおき》も、バカ田トリオも、めぐみ先生も校長先生も他の生徒たちも……。

「二頭の馬が歩いて近づいてくる音がする」

加藤《かとう》はそう言うと、瑠香《るか》や夢羽《むう》が行ってしまった先を指さした。

しばらくして、たしかに二頭の馬が仲良く歩いてくるのが見えた。

今度は、柵《さく》を跳《と》び越《こ》えず、迂回《うかい》して元《げん》たちがいるところへ歩いてくる。

なんとなんと！

ルイーザに乗った瑠香《るか》は元気に手を振《ふ》り回したりしている。

前を歩く黒い馬に乗った夢羽《むう》の表情《ひょうじょう》まではわからないが、あきらかにルイーザは黒い馬におとなしくついてきていた。

「たいしたもんだな。裸馬《はだかうま》にあれだけ安定して乗れるとは。そうとうの乗り手だ……」

加藤《かとう》は無精《ぶしょう》髭《ひげ》の生えたあごをなでた。

横でそれを聞いて、元《げん》は自分のことのように誇《ほこ》らしい気持ちになった。

と、同時に、ますます夢羽《むう》のことがわからなくなった。

今回の移動《いどう》教室《きょうしつ》でグンと近づいたように思えたのに、また遠くになってしまったように感じたからだ。

★恐怖《きょうふ》の肝試《きもだめ》し大会

1

「しかし、つくづくたいしたやつだ。乗馬は小さい頃《ころ》からやってたのかい？　加藤《かとう》さんが本当に感心してたぞ。あれはそうとう乗ってるはずだって。しかも、ただ乗馬教室なんかでふつうに訓練したって、ああはできないってね」

プー先生が夢羽《むう》に聞いた。

しかし、彼女《かのじょ》は涼《すず》しげな顔で言った。

「でも、わたしがかけつけた頃《ころ》には、もうすっかりおとなしくなってたから」

これには、元《げん》たちもびっくりした。

すると、瑠香《るか》が得意げに言った。

「そうなの!!　あのね、最初は怖《こわ》くて怖くて、パニックになってたんだけど。後ろから夢羽《むう》が来てるのがわかったら、少しだけ落ち着いたんだよね。で、思い出したのよ。鈴《すず》木《き》さんや加藤《かとう》さんが『馬は賢《かしこ》いから、話しかければわかる』って何度も言ってたのを」

「で、話しかけたわけ？」

元《げん》が聞くと、瑠香《るか》はにっこり笑った。

「そう‼『ルイーザ、お願い！　止まって‼　お願い、止まってぇぇ‼』って。もう必死に大きな声で頼《たの》んだの。そしたら、耳がクルっと後ろ向いて、ピコピコって震《ふる》えたかと思ったら、走るのをやめちゃったんだよねー‼　すごいでしょ。やっぱりわたしって天才かもしれないっ‼」

「江口《えぐち》が天才なんじゃなくて、ルイーザが天才なんだろ……」

ボソっと元《げん》がつぶやくと、瑠香《るか》は「ええ？　なんだって⁉」と聞き返した。

「い、いや、なんでもない。でも、よかったな。ケガしなくて。ははは……」

必死にごまかすと、プー先生は何度も何度もうなずいた。

「本当にそうだよ！　何かあったら、移動教室《いどうきょうしつ》も中止だったよ。当然、これからやる肝試《きもだめ》し大会も中止だし、バーベキュー大会だって中止だ‼」

「先生っ!!　ひどいひどい。そっちの心配ですかー!?」

瑠香《るか》がプー先生に食ってかかると、先生はゲラゲラ笑った。

「はははは。まぁまぁ。こんな冗談《じょうだん》、言ってられるんだから、本当に感謝《かんしゃ》しなきゃな。まじめな話、先生は肝試《きもだめ》しの前に、肝がつぶれそうだったぞ。そうそう、河田《かわだ》たちは先生がこっぴどく叱《しか》っておいた。やつらも反省《はんせい》してたから、許《ゆる》してやれ!」

「ふん、あいつらが反省なんかするわけないいじゃないですかー!!」

瑠香《るか》がプーっとふくれっ面《つら》をすると、そこにいた全員が爆笑《ばくしょう》した。

はぁ……。

やれやれ。

本当にどうなることかと思ったが、よかったよかったと、元《げん》は胸《むね》をなでおろした。


こうして、登山も牧場体験もあっという間に終わってしまい……。

つまり、ふと気づけば夕方。昼間とは打って変わって、黒い雲がむくむくと渦巻《うずま》き、今にも降《ふ》り出しそうな曇《くも》り空だ。遠くから雷《かみなり》の音みたいなのまで聞こえてくる。

玄関《げんかん》横の大広間に集まり、体育座《すわ》りをして待機している生徒たちは、待ちに待った肝《きも》試《だめ》し大会を前に興奮《こうふん》している。

宿舎《しゆくしや》のなかは暖房《だんぼう》が効《き》いてる上に、生徒たちの熱気《ねつき》で暑いくらいだった。

まずは先生からの説明。白い小さな三角形の布《ぬの》を額《ひたい》につけたプー先生がみんなの前に立つ。白い着物も着ているのだが、ずいぶん太った幽霊《ゆうれい》だ。
だいたい幽霊のくせに、手を腰《こし》に置いて立ったりしている。
肝試《きもだめ》し大会の場所は朝霧荘《あさぎりそう》のなかだけ。二階、三階の部屋《へや》（個室《こしつ》八部屋、大部屋十部屋）のうち、どこかに三ヶ所のチェックポイントが隠《かく》されている。一階の風呂場《ふろば》や大広間、台所などにチェックポイントはない。

チェックポイントで出題されるナゾナゾ問題を解《と》き、スタンプも押《お》さなくてはならない。

つまり、すべてのチェックポイントを探《さが》し、スタンプを押し、問題にも正解《せいかい》した班《はん》が合格《ごうかく》。問題の答えが間違《まちが》っていた場合は何度挑戦《ちょうせん》してもいいが、一番早くに合格した班が優勝《ゆうしょう》となる。

先生たちは全員お化けになっているので、今回はヒントを教えてくれない。彼《かれ》らがどこに潜《ひそ》んで脅《おど》かしてくるかもわかっていない。

行動は、昨日《きのう》のオリエンテーリングと同じく班行動が基本《きほん》。絶対《ぜったい》に勝手な行動をしてはいけない。ひとつの部屋に入るのはひとつの班だけ。他の班が入っているようだったら、外で待っていること。

特に今回は屋内なので、興奮《こうふん》してフスマをけやぶったり、階段《かいだん》をすべり落ちたりしないよう、冷静に行動しなさいとしつこいくらいに念を押《お》した。きっと毎年、興奮してケガをしたり備品《びひん》を壊《こわ》す生徒がいるんだろう。

それなのに、こうして毎年やってることを思えば、それだけ物好きな先生が多いってことだ。扮装《ふんそう》を見たって、その力の入れようがわかる。

「よぉーし、班長《はんちょう》。スタンプ帳を取りに来い！」

先生に言われ、元《げん》が立ち上がる。ドンっと背中《せなか》にぶつかってきたのが河田《かわだ》だ。

元《げん》はおっとっとっとっと前に倒《たお》れそうになるのを踏《ふ》ん張《ば》る。

「ほらほら、ボサーっと立ってるなよ！」

と、河田《かわだ》はさっきまで馬を暴走《ぼうそう》させてしまったショックで凹《へこ》んでたというのに、もうすっかり元通り。瑠香《るか》の言っていた通りである。

「な、なにぃ!?」

「へへ。昨日《きのう》は優勝《ゆうしょう》、譲《ゆず》ってやったけど、今度は手加減《てかげん》しないからな」

「はぁぁ？　何言ってんだよ」

と、突《つ》っかかっていこうとしたが、瑠香《るか》が大声で言った。

「元《げん》くん、そんなバカ、ほっとけばいいの。わたしたちの敵《てき》はそいつらじゃないもん」

「なんだとぉー!?」

「なんだなんだ、失礼なことを言う女だな」

「あーゆー女はコーネンキ障害《しょうがい》だ」

「なんだ、それ」

「知らねー！　母《かあ》ちゃんが言ってた」

すかさずバカ田トリオが口々に馬鹿《ばか》なことを言い出す。でも、瑠香《るか》は相手にもせず、夢羽《むう》や小林《こばやし》に顔を向けた。

「で、作戦は？」

「作戦？」

小林《こばやし》が聞き返す。

「そりゃそうよ。ただバカみたいにワーっと行って、ワーキャーやってても勝ち目はないでしょ。どうする？　どこから回る？」

「ああ、そういうことか。だったら、一気に三階の一番奥《おく》から攻《せ》めたほうがいいかな。たぶんみんなは二階で押《お》し合いへし合いやってるだろうから。特に一部屋《へや》に一班《いっぱん》だけってことは、へたすると順番待ちしなきゃいけないだろ？」

「なるほどね。OK《オーケー》、じゃあそうしよ。班《はん》行動が基本《きほん》だっていうから、ふた手に分かれるわけにいかないしね」

「うん、でも……」

と、小林《こばやし》が言葉を切り、にやりと笑った。

きれいに整った顔だから、余計《よけい》意味ありげに見えた。
「え？　何？」
瑠香《るか》が眉《まゆ》をぴくりと上げる。
「ん、たとえば最初の部屋《へや》にチェックポイントがあったとして。スタンプ押《お》す時はみんなで押して、その後、問題解《と》くのはオレと茜崎《あかねざき》でいいと思うんだ。解いている間に、江口《えぐち》たちは他の部屋に行って、チェックポイントかどうかを見るっていうのは？　つまり少しだけ時間差攻撃《こうげき》なわけ。いちおうスタンプ押《お》すところはいっしょってことで」

「いい、いい。それ、いただき!!」

と、そこにスタンプ帳をもらってきた元《げん》がもどってきた。元《げん》が班長《はんちょう》だというのに、元《げん》抜《ぬ》きで勝手に話が進んでいる。

それに、なんだよ、その……小林《こばやし》と夢羽《むう》がナゾナゾ解《と》くって。

「お、おい、待てよ。なんだよ、それ。オ、オレだってナゾナゾ得意なんだからな」

あわてて言うと、瑠香《るか》が肩《かた》をすくめた。

「そういや、元《げん》くん、行きのバスのなかでナゾナゾに答えてたよね。なんだっけ……」

「世界で一番速い虫はなんでしょう?」

出題した当の本人、大木《おおき》が言う。

「あ、そうそ。一番速い虫だから、はやい、はえー、はえー……ハエ」

くそ。なんだ、そのバカにした言い方は!!

「別に……いいんだけど、なんでも」

こういう時は、なんでもないように見せようとすればするほど、すごく無理しているように聞こえてしまうものだ。

「いいよいいよ。じゃあ、元《げん》くんと夢羽《むう》がナゾナゾ担当《たんとう》ね。それでいいでしょ？」

瑠香《るか》はまるで小さい子をなだめるような調子で言った。

「だ、だから、別になんでもいいって言ってるだろ！」

怒《おこ》ったように言うと、瑠香《るか》はぴしゃりと言った。

「うるさい！　もうこれで決定なの！」

う、うう……。

何か言おうと思ったが、ぐっと堪《こら》えた。ここで言い合いをしている場合じゃないのだ。

どうせ言い合いしても負けるし。

ポンポンと背中《せなか》を叩《たた》かれ、振《ふ》り向くと、大木《おおき》がニコニコして言った。

「元《げん》、どんまい！」

2

「じゃあ、消灯しますよ!!」

雪女《ゆきおんな》の扮装《ふんそう》をした校長先生がうれしそうな声で言ったとたん、いきなりすべての電気が消えた!!

「きゃあああああああああああああああああ!!」

「わあああああぁぁぁ!」

「きゃ――――きゃ――――きゃ――――!!」

たぶん、生徒の半数が叫《さけ》んだのではないか。

もし、ここに座敷童《ざしきわらし》が本当にいたとしても、きっと両耳を押《お》さえて逃《に》げ出すだろうなと思うほどだ。

暗いなかをみんな懐中《かいちゅう》電灯ひとつだけで歩いていくのだ。

ケガをしないように、走り回ってはいけないというルールだけど、そんなの誰《だれ》も守ってはいない。

寄《よ》るとさわるとキャーキャー言いながら、すでにドタバタと走り回っている。

「行くわよ！」

瑠香《るか》の号令とともに、元《げん》たちは一気に三階の奥《おく》の部屋《へや》を目指した。

たしかに、誰《だれ》もそこまで一気に行こうとはしていない。二階の廊下《ろうか》で押《お》しくらまんじゅう状態《じょうたい》だ。

廊下の壁《かべ》や天井《てんじょう》にたくさんの光の輪が躍《おど》っている。

「いい感じだね！」

瑠香《るか》は満足そうに言うと、くいっと親指をたて、部屋を指した。

二組の女子が使っている部屋だ。

こっちまではまだ誰《だれ》も来ていない。

ガラガラと扉《とびら》を開く。引き戸になっているのだが、悲鳴のような音をたててきしむ。

いきなり脅《おど》かされても文句《もんく》は言えないから、みんなドキドキだ。さすがに、瑠香《るか》も顔を引きつらせている。

その後ろに元《げん》、そして、夢羽《むう》、小林《こばやし》、最後が大木《おおき》という順番。

本当なら、前を行く瑠香《るか》の腕《うで》につかまりたいところだが、もちろんそんなことは死んだってできない。

真っ暗な部屋《へや》……。

遠くで生徒たちの叫《さけ》び声や笑い声が聞こえてくるが、ここはものすごく静かだ。

静かだけど、何かが息を潜《ひそ》めているようで。元《げん》は心臓《しんぞう》がどうかなりそうだった。

みしっみしっ。

一歩一歩、歩くたびに畳《たたみ》が音をたてる。

畳って、こんなに音たてたりしたっけ。

パッパッと、テレビで見たアメリカの捜査官《そうさかん》顔負けの勢《いきお》いで、あちこちを懐中《かいちゅう》電灯で照らす。

元《げん》のすぐ前、瑠香《るか》の襟首《えりくび》を照らした時だ。

偶然《ぐうぜん》にも、決定的瞬間《しゅんかん》をとらえてしまった。

そこに、ニューっと白い手が伸《の》び、いきなり襟首に何かを放りこんだのだ!!

超音波《ちょうおんぱ》のような声で、瑠香《るか》が絶叫《ぜっきょう》する。

元《げん》は口から心臓《しんぞう》が飛び出るかと思うくらいに驚《おどろ》き、同じように声を限《かぎ》りに絶叫《ぜっきょう》しながら後ろにいた人にしがみついた。

すごくほっそりしていて、ひんやりと冷たい。

「ん……?」

と、ようやく我《われ》に返ってみて、またまた絶叫《ぜっきょう》しそうになった。

なんとなんとなんと！　今、まさに今、しがみついている相手は、夢羽《むう》ではないか!!

「ご、ごめんっ！」

パっと離《はな》す。夢羽《むう》はかすかに笑ってみせた（と思う）。何せ暗くてよくわからない。

優《やさ》しく笑ってたってことにしよう。

「あん、もうう！！！　誰《だれ》ぇぇ??　氷ぃ!!」

瑠香《るか》が大きな声で文句《もんく》を言う。

なんと彼女《かのじょ》の襟首《えりくび》にいきなり放りこまれたのは、氷だったのだ。そりゃ絶叫して当たり前だ。元《げん》なら気絶《きぜつ》するかもしれない。

どこかに隠《かく》れているらしい先生のクスクス笑う声が聞こえた。

「んもう！」

瑠香《るか》はまだブツブツ言っている。

気を取り直して、またあちこちを懐中電灯《かいちゅう》で照らす。部屋《へや》の隅《すみ》に生徒たちの荷物が置いてあり、低いテーブルと座《ざ》いすがあるだけで、いたってシンプルな和室だ。

元《げん》たちの部屋と同じ造《つく》りで、押入《おしいれ》があったが、ぴったり閉《し》まっている。

「あったあった!!」

小林《こばやし》が叫《さけ》ぶ。窓際《まどぎわ》に座《すわ》りこんだ彼《かれ》は、高々とスタンプをあげて見せた。

「やりぃ！」

「ビンゴぉ！」

みんな集まって、小林《こばやし》が代表してスタンプを押すのを見た。

「元《げん》くん、夢羽《むう》、後は頼《たの》んだからね」

ポンポンとふたりの肩《かた》を叩《たた》くと、瑠香《るか》は小林《こばやし》と大木《おおき》を従《したが》え、次の部屋へと行ってしまった。

真っ暗な部屋に残されたふたり。手には懐中電灯だけ。

いやいや、正確《せいかく》にいうと、元《げん》と夢羽《むう》、そしてお化けの扮装《ふんそう》をしている先生の三人だけ。

先生の居場所《いばしょ》はもうわかっていた。窓《まど》にかかったカーテンの後ろだ。

下から足首だけが見えていた。

まさかまた同じ手口では襲《おそ》ってこないだろうと思うけれど、ドキドキするのは変わらない。こんな仕事はさっさとすませるに限《かぎ》る。

「えっと、問題は？」

「ああ、これ」

夢羽《むう》が指さした先にノートがあった。そこに問題が書かれている。

とりあえずメモしてから、違《ちが》う場所で考えようと思ったのだが、メモりながら元《げん》はがっかりした。あまりにも、あまりにもな問題だったからだ。

『扉《とびら》を開けると鏡があった。そこにお化けが映《うつ》っていた。だぁーれだ!?』

メモるまでもない。……と、言いかけたのだが、夢羽《むう》が首をひねっている。

も、もしかしてわからないとか!?

元《げん》は信じられなかった。こんな基《き》本中《ほんちゅう》の基本なナゾナゾ、夢羽《むう》がわからないなんて。

「元《げん》はわかるのか？」

真っ暗な部屋《へや》。小さな懐中《かいちゅう》電灯に照らされた夢羽《むう》が元《げん》を見つめる。

「え、う、うん。いちおう……鏡、つまりミラーだから、ミイラじゃない？」

まごつきながら元《げん》が答えると、夢羽《むう》の大きな目がさらに大きくなった。

「そんなのでいいのか？」

「え？　あ、うん。たぶんね。これ、ナゾナゾでよくあるやつだから」

「そっか。つまりナゾナゾの定番？　もしかして、瑠香《るか》が言ってた『ハエ』っていうのもそう？」

「うん。たぶん同じ先生が考えたんだと思う」

「なるほど。すごいな、元《げん》」

変な感心のされ方だ。

「そっか。簡単《かんたん》すぎたかしら？」

いきなりカーテンが開き、血まみれの顔をした女が現《あらわ》れた。

「……ひぃ!!」

元《げん》はその場にしゃがみこんでしまった。

そこにいたのはわかってたのに。

音楽の中山《なかやま》先生だった。若《わか》い女の先生なのに、よくまぁそんなすごいメイクができるもんだ。

長い髪《かみ》を逆立《さかだ》て、青いワンピースを着て、顔も歯も血まみれ。そんな顔でケラケラ笑わないでほしい。

答えを書き、ふたりが廊下《ろうか》に出たら、瑠《る》香《か》たちもちょうど廊下に出たところだった。だいぶ目が慣《な》れてきていて、それぞれが持っている懐中《かいちゅう》電灯だけでもまごつかないようになっていた。

「こっちのふたつにはなかった。残るのは、こっちらへん」

瑠香《るか》は率先《そっせん》して部屋《へや》に入っていく。その後ろを小林《こばやし》や大木《おおき》がついていく。できれば元《げん》は、このまま夢羽《むう》と廊下《ろうか》で待っていたかったのだが……。

「何をしているのだぁぁぁぁ!?!?」

いきなり後ろから白いシーツのお化けが大きく手をあげて走ってきたからたまらない。

「ぎゃあああああ!!」

もう泣きそうだ。元《げん》はまたまた夢羽《むう》にしがみつきそうになったが、必死で堪《た》え、代わりに彼女《かのじょ》の手を引《ひ》っ張《ぱ》り、瑠香《るか》たちの入っていった部屋《へや》へと逃《に》げこんだ。

シーツお化けは他の標的を見つけたのか、「がはははは!!」と大声で笑いながら、ドタドタと走っていった。

あの笑い声はきっと筋肉《きんにく》先生こと水谷《みずたに》だ。

だぁぁ……、早く終わってくれよぉ。

この時、元《げん》は重大な事実に気づいた。せっかく持ってきていたお守りを身につけておくのを忘《わす》れていたのだ！

はははははははははは

3

『廊下《ろうか》を歩いていると、「ありがとう」「ありがとう」としきりに言う声がする。だーれだ？』


次のナゾナゾも、もちろん元《げん》はすぐにわかった。

答《こた》えを言おうとしたが、それを夢羽《むう》がとめた。

「え？」

聞き返そうとする元《げん》に、細い指を立て、「シーッ」と口止めする。

「自分で解《と》いてみたい。……やっぱりダジャレ系《けい》か？」

「うん、……思いっきり」

「んーっ」

夢羽《むう》は小さなあごに人差し指をあて、しばらくの間、問題を見つめた。

まるで天使みたいに。

そして、元《げん》を見つめ、首を少し傾《かし》げながら自信なげに聞いた。

「『幽霊《ゆうれい》』??」

「あ！　ん、……えっと、正解」

つい見とれていた元《げん》があわててコクコクうなずくと、彼女《かのじょ》はまるで十歳《じっさい》の女の子みたいに無邪気《むじゃき》な笑顔《えがお》を見せた。十歳の女の子でまちがいはないのだが。

「そっか。『礼』を『言う』から、『幽霊』か。なるほど。わかってきた」

うんうんと満足そうに言う。

きっとコツがつかめたんだろう。たった二問でコツがつかめたとは、さすがだ。答えを知れば「なぁーんだ！」というような問題だが、けっこうこれがわからないもんだ。で、答えを言うと、バスの時と同じく、みんなブーブー文句《もんく》を言う。ま、だからこそ楽しいんだけど。

「どうしたの？　早く下りてきて。スタンプ、見つけたから!!」

瑠香《るか》の声。二階への階段《かいだん》から叫《さけ》んでいるようだった。三階の他の部屋《へや》はみんな回って、チェックポイントがないのを確認《かくにん》したのだろう。すごい早業《はやわざ》だ。もしかすると、今度も優勝《ゆうしょう》してしまうかもしれない。

「了解《りようかい》！　今、行くよ」

元《げん》が答えた時、その脇《わき》をドドドドっとバカ田トリオが走り抜《ぬ》けていった。

「くっそー！　なんだよ。『ありがとう』って言うやつってのは」

「英語《えいご》だとサンキューだろ？　あ、『産休の先生』だから、稲垣《いながき》？」

「おおお、ナイス。それだ、それ！」

三人は口々に言って、ハイタッチをしている。

元《げん》と夢羽《むう》があっけにとられて見ているのを目ざとく見つけた彼《かれ》ら。

「おい、勝手に答え、聞いてんなよな！」

「そうだそうだ。ズルはダメだぞ」

「先生にチクるぞ！」

と、すごんで見せる。あい変わらず同じ班《はん》の水原《みずはら》たちの姿《すがた》はない。ま、こっちも厳密《げんみつ》に言えば班行動をしていないので、人のことは言えないのだが。

こんなやつらはかまわず、やり過《す》ごしたほうがいい。

元《げん》も夢羽《むう》も瑠香《るか》たちの待つ二階へ急いだ。ぞろぞろと三階へ上っていく他の連中とすれ違《ちが》う。

二階には、最後のチェックポイントがある。

「きゃーきゃー！！！」

女子の悲鳴がまだあちこちから聞こえる。

「待て待てぇぇ!!」

ドタドタとさっきのシーツお化けが走り回っている。

「やったぁああ!!　あったあった!!」

という声や、

「なんなの？　この問題、意味わかんない！」

という声……。

元《げん》は、廊下《ろうか》の角を曲がった時、またまた絶叫《ぜっきょう》した。

雪女と正面衝突《しょうとつ》しそうになったからだ。

白い着物に白い髪《かみ》、白塗《しろぬ》りの顔に目の下と唇《くちびる》が青い……。

それが校長先生だということに気づくまで一分はかかった。

それほど、すごい迫力《はくりょく》だったのだ。

「わーわわわー、わあぁぁあ―――!!」

雪女を指さし、わーわー言って、夢羽《むう》を見る。

彼女《かのじょ》は、ひょいと眉《まゆ》を片方《かたほう》だけ上げてみせた。
なんでだよ！　なんでそんなに冷静なんだ!!
校長先生はむちゃくちゃうれしそうに笑っている。その笑い顔がまたものすごく怖《こわ》いのだ。

さて、プー先生が使っている個室《こしつ》。ここに三つ目のスタンプが置いてあった。

たくさんの生徒たちが走り回り、荒《あ》らさ

れた後なので、すぐにわかった。あまりに簡単《かんたん》で、拍子《ひょうし》抜《ぬ》けがしてしまうほどだ。

スタンプなんて放り投げてあったし、問題が書かれたノートもところどころ破《やぶ》けている。

きっと引《ひ》っ張《ぱ》り合いをしたに違《ちが》いない。

しかも、三角形の布《ぬの》を額《ひたい》につけた太った幽霊姿《ゆうれいすがた》のプー先生が、疲《つか》れ切った顔で普通《ふつう》にソファーに寝《ね》っころがり、冷めたお茶をずずーっと飲んだりしていた。

「ったく、廊下《ろうか》は走るなって言ってるのに。誰《だれ》も言うことなんか聞きやしない」

ブツブツ文句《もんく》を言うが、その姿《すがた》で注意されても誰も聞かないだろう。

みんな集まってスタンプを押《お》し、元《げん》と夢《む》羽《う》が問題を確認《かくにん》する。

『暖炉《だんろ》の上に置物が置いてあった。小さな象の置物だが、不気味なことに目がひとつしかない……そこに、お化けが現《あらわ》れた。だーれだ？』

「えー？　気持ちわるいなぁ」

大木《おおき》が大きな体をぶるっと震《ふる》わせる。

「茜崎《あかねざき》、わかった？」

元《げん》が聞くと、夢羽《むう》はにっこり笑ってうなずいた。

元《げん》が考えた答えと同じだったので、答えの欄《らん》に書きこんで終了《しゅうりょう》。

「なぁーんだ。案外、簡単《かんたん》だったな」

小林《こばやし》が言う。

その時、バタバタと瑠香《るか》がもどってきた。

彼女《かのじょ》はスタンプを押《お》した後、どこかに行ってしまっていたのだ。

「大変!! もうゴールしてる班《はん》もあるって。ああああ、後は正解《せいかい》じゃないのを祈《いの》るだけよ」

4

どうやら他の班の行動をチェックしに行っていたらしい。

正直いって、元《げん》はこの肝試《きもだめ》し大会が無事終わってくれることだけを祈っていた。別に優勝《ゆうしょう》しなくってても。昨日《きのう》のオリエンテーリングで優勝してるんだから、こっちもだなんて欲《よく》が深すぎる。

もちろん、瑠香《るか》はそんなこと考えるわけもなく、みんなをおおいに急《せ》かしたのだが。

残念ながら、優勝《ゆうしょう》は隣《となり》のクラスの班《はん》になってしまった。

どうやら彼《かれ》らは完全に手分けして、せーので二階三階、しらみつぶしに探《さが》しまくったらしい。

というのは噂《うわさ》であって、結局は何の証拠《しょうこ》もない。

肝試《きもだめ》し大会は無事終了《しゅうりょう》して館内はパっと電気がついた。

みんなホーっと息をつき、にやにやと笑い合う。

始まった時と同じく、生徒たちは大広間に集まった。

「なーんだ。律儀《りちぎ》にスタンプはいっしょに押《お》そうなんて考える必要なかったんだな」

まぶしそうに目を細めた小林《こばやし》が苦笑すると、瑠香《るか》は首を振《ふ》った。

「でも、ルールはルールだもん。それ、最初《さいしょ》から破《やぶ》って勝ったって、つまんない」

「えらいねぇ！　江口《えぐち》さん。それでこそ、女の鑑《かがみ》だわ」

と、その肩《かた》をポンと叩《たた》いたのは、めぐみ先生だった。彼女《かのじょ》は別に扮装《ふんそう》などしていなくて、ジャージの上下という格好《かっこう》だ。

瑠香《るか》は彼女《かのじょ》を見るなり、「あー！」と叫《さけ》んだ。

「先生《せんせい》、二階のわたしたちの部屋《へや》にいたでしょ！」

「ええ？　なんでわかったの⁇」

「もろバレだよぉ‼」

と、他の班《はん》の子も笑う。

「そうそう。めぐみ先生、浴衣《ゆかた》着て、テーブルの横に座《すわ》ってたでしょ」

「浴衣ぁ⁇　違《ちが》う違う！　それに、先生、テーブルの下にいたんだよ⁉」

めぐみ先生は手をブンブン振《ふ》って否定《ひてい》した。

その言葉に、瑠香《るか》は「え⁇」と目を丸くした。

「テーブルの下じゃないですよ、先生。先生がいたのって、二階の女子の部屋《へや》でしょ？　奥《おく》のほうの」

「ええ、そうよ。でも、本当なんだってば。わたしはテーブルの下にいたの。だから、もう……腰《こし》が痛《いた》くって痛くって」

それを聞いて、瑠香《るか》も他の生徒たちも真《ま》っ青《さお》になった。

「ええええ——!?　じゃ、あれは誰《だれ》なの!?　浴衣《ゆかた》着て、テーブルの横で後ろ向いて座《すわ》ってたの……。めぐみ先生の声がしたから、てっきりそうだと思ってたのに」

隣《となり》のクラスの女の子が悲鳴のような声で言う。

騒然《そうぜん》となってきて、遠くに座《すわ》っていた生徒も立ち上がり、背伸《せの》びしてこっちを見た。

めぐみ先生も青い顔になっている。

「やだぁ。変なこと言わないで。声は、たしかにわたしの声だと思うわ。テーブルの下からみんなを脅《おど》かそうと思《おも》って、『だぁーれだぁ……』って言ったりしてたから。後は『けけけ……』って笑ったり、畳《たたみ》をこすってみたり……」

「そうそう。その声だった」

「あああ!!」

と、めぐみ先生がいきなり大声をあげたもんだから、生徒たちはいっせいに悲鳴をあげ、その場が騒然《そうぜん》となった。

「お、お、思い出した……! そういえば、テーブルの下から、浴衣《ゆかた》の端《はし》っこが見えたんだ。他の先生が座《すわ》ってるのかなと思ったけど、そんなことありえないし。でも、次見た時はいなくって。まぁ、暗いから見間違《みまちが》いだって思ってたのに……」

またまた悲鳴が起こる。

「どうしたんですか?」

プー先生がドタドタやってきた。校長先生たちもかけつける。

事情《じじょう》を説明すると、先生たちは首を傾《かし》げた。

そりゃそうだ。彼《かれ》らは、その現場《げんば》を見てはいない。

それを言ったら、元《げん》も夢羽《むう》も見ていない。問題の部屋《へや》に入ってないからだ。

しかし、瑠香《るか》だけじゃなく、問題の浴衣姿《すがた》の人物を覚えている生徒は何人かいた。

めぐみ先生もいつもの冷静さはどこへやら。青い顔で震《ふる》えているし、関係のない生徒

たちも顔を見合わせては悲鳴をあげる始末だ。

「あんな部屋《へや》、眠《ねむ》れない!!」

その上、瑠香《るか》と同じ部屋の三田佐恵美《みたさえみ》が騒《さわ》ぎ出した。

まぁ、たしかにこのままでは気持ちが悪くて眠れないだろう。元《げん》だったら絶対《ぜったい》にいやだ。っていうか、他の部屋に寝《ね》るのだっていやだ。

「わかったわかった。じゃあ、先生が確《たし》かめてきてやるよ！」

さすがは筋肉《きんにく》先生。水谷《みずたに》がシーツを脱《ぬ》ぎ、それを腰《こし》に巻《ま》いて、筋肉隆々《りゅうりゅう》の上半身を見せた。

「すげえ。寒くないのかな」

「あいつは筋肉を着てるから寒くないんだろうよ」

生徒たちがヒソヒソ言っている。

「でも、いいとこあるじゃん。率先《そっせん》して行くなんて」

小林《こばやし》が耳打ちする。

たしかに、元《げん》もそう思った。あんなところ、誰《だれ》に頼《たの》まれたって絶対に行きたくない。

しかし、せっかく小林《こばやし》がほめたというのに、やはり寒くなったのか、水谷《みずたに》はそそくさとTシャツ《ティー》を着こんだ。

「やっぱり筋肉《きんにく》だけじゃ寒いらしいよ」

「ほんとだ」

などと、元《げん》たちが言い合っていたその時、瑠香《るか》が夢羽《むう》に言った。

「ねぇ、夢羽《むう》。お願いだから夢羽《むう》も行ってくれない？　で、お化けなんかいないってことを証明《しょうめい》してよ」

生徒《せいと》たちの間でも夢羽《むう》の推理力《すいりりょく》には定評《ていひょう》がある。みんな、ぜひ見てきてほしいと言い出した。なんとプー先生まで。

「そうだな。茜崎《あかねざき》が行ってくれるとありがたいなぁ」

その言い方だと、まるで水谷《みずたに》より夢羽《むう》のほうが頼《たよ》りになると言ってるようなもんだ。

「もちろん、わたしも元《げん》くんもいっしょに行くし。ねえ！」

瑠香《るか》が元《げん》に言う。クルリンとカールした髪《かみ》を同時にゆらして。

「え、えええぇ!?　オ、オレもぉ??」

目玉が飛び出しそうになる。

「そりゃそうよ。夢羽《むう》に何かあってもいいの？」

「そ、それは……」

「困《こま》るわよねぇ。班長《はんちょう》としては」

「う、うぐぐ」

そう言われてはこれ以上何も言えない。それに、班長としてじゃなくたって、夢羽《むう》に何かあってはすっごく困《こま》る。

元《げん》は内心泣きそうになりながらも「わ、わかった……」と答えた。

そんなようすを見ながら、夢羽《むう》はにっこり笑ったのだった。

5

結局、元《げん》たちの班全員と水谷《みずたに》で、問題の部屋《へや》を見に行った。

本当はバカ田トリオも行きたいと騒《さわ》いだのだが、プー先生が行かなくていい！　と、釘《くぎ》を刺《さ》してやめさせたのだ。

部屋《へや》は元《げん》たちの部屋とほぼ同じ造《つく》りだ。十二《じゅうに》畳《じょう》の部屋《へや》に押入《おしいれ》、低いテーブルと座《ざ》いす。

窓《まど》はふたつ。青いカーテンがかかっている。

ザアザアと雨の音がし始めた。ついに降《ふ》り出したのだ。

ゴロゴロゴロ……と、雷《かみなり》の音も聞こえてきた。まぁ、夕立みたいなもんだろう。

元《げん》はずっと背中《せなか》に冷《ひ》や汗《あせ》をかいている。

部屋には何もいなかった。変わったところも何もない。カーテンも開けてみたし、念のため、押入も開けてみた。

「ほーら、なんにもないだろ？」

水谷《みずたに》がムキムキの胸《むね》を張《は》る。

夢《む》羽《う》は扉《とびら》のほうを見たり、窓や押入のなかをチェックしていたが、もう用事はすんだからと言って、さっさと一階にもどっていく。

元《げん》たちも急いでその後を追いかけた。

「幽霊《ゆうれい》なんてものはいないんだ！　がっはっは」

と、豪快《ごうかい》に笑っていた水谷《みずたに》も、元《げん》たちがさっさといなくなったのにようやく気づき、あわてて追いかけた。

大広間に彼《かれ》らがもどると、「どうだった？　どうだった？」「幽霊《ゆうれい》、いた⁉」と、生徒たちは大騒《おおさわ》ぎ。しかし、

「少し聞きたいことがあるんだけど」

夢羽《むう》がそう言うと、水を打ったように全員がシーンと静まりかえった。

今までの騒ぎがウソのよう。突然《とつぜん》の静けさのなか、窓《まど》ガラスを叩《たた》く雨の音だけが聞こえていた。

夢羽《むう》は床《ゆか》まである窓の前に立っている。

窓には青いカーテンがかかっていて、夢羽《むう》

が浮《う》かび上がってみえた。

小柄《こがら》な彼女《かのじょ》はしばらくカーテンのほうを見ていたが、くるりと振《ふ》り返った。

「じゃ、めぐみ先生が隠《かく》れていた二階の部屋《へや》に入った班《はん》の班長だけ手をあげてもらえる？」

すると、ぽつぽつっと何人かが手をあげた。

数えてみると、ちょうど十人。各クラス六班あるから、全部で十二班。そのうちの十班だけ入ったことになる。

「そのうち、浴衣《ゆかた》の人を見たという班はどれだけある？」

夢羽《むう》が聞くと、手をあげていた班長たちは班の子たちに相談をし始めた。

そして、意見がまとまると、また手をあげた。

今度は三班。

十二班のうち、たったの三班しか見ていないのだ。

「あれ？　減《へ》った。見てないっていう班のほうが多いんだあ？」

瑠香《るか》が不思議そうに言う。

結局、浴衣《ゆかた》の人物を目撃《もくげき》したのは元《げん》たちのクラスでは瑠香《るか》たちと彼女《かのじょ》と仲《なか》のいい高橋《たかはし》冴子《さえこ》の班《はん》。後は隣のクラスの班だった。

「ちぇ、オレたちが見てたら、絶対《ぜったい》とっつかまえてたのに！」

「適当《てきとう》に当たりつけて入ったからなぁ」

「ほとんど当たらなかったけどな。でも、誰《だれ》か最初っから隠《かく》れてたんじゃないのか？　めぐみ先生、しっかりしなよぉ！」

と、場違《ばちが》いの笑い声をたて、みんなからいやそうに見られているのはバカ田トリオだ。

「な、何言うのよ。わたし、最初にちゃんと確認《かくにん》したわよ。他には絶対誰もいなかったわ！　それに、あんなシンプルな部屋《へや》のどこに隠《かく》れてるって言うの⁇　押入《おしいれ》だってずっと閉《し》まりっぱなしだったし」

めぐみ先生が言《い》い張《は》る。

たしかに隠れるとすれば押入かカーテンの後ろくらいだ。それらのなかに隠れていたのなら、出てくるのがわかったはずだ。

「じゃあ、どこかの班といっしょに潜入《せんにゅう》したんじゃないですか？　まぁ、本物のお化けなら、スーっと壁《かべ》を通り抜《ぬ》けてくるでしょうけど」

夢羽《むう》が静かな声で言うと、みんなたった今お化けを見たように真《ま》っ青《さお》になった。

「だけど、誰《だれ》かいっしょに入ったらわかるだろ？」

「そうだよ。いくら暗いといったって、懐中《かいちゅう》電灯持ってるんだし」

と、口々に言う。

「じゃ、どういう順番で入ったんだろう。何時くらいに入ったかわかる？」

夢羽《むう》に聞かれ、三つの班《はん》の班長（元《げん》の班は瑠香《るか》）があーだこーだと言い合った。

結局、この三つの班はだいたい同じくらいの時間帯に入っていたことがわかった。肝《きも》試《だめ》し大会を前半と後半に分けるとすれば、後半のほうだ。

そして、最初にお化けを見た班もわかった。

冴子《さえこ》たちの班だ。彼女《かのじょ》たちの直前に出て行ったのはヒョロっと背《せ》の高い竹内徹《たけうちとおる》だったと証言《しょうげん》した。

「オレたちはそんなの見てないぜ！　けっこう隅々《すみずみ》まで見たから覚えてるけど」

竹内《たけうち》が言う。

「わたしたちは見たよ。めぐみ先生、なんであんなにわかりやすいことしてるんだろうって思ったもん」

「じゃあ、高橋《たかはし》たちの班《はん》といっしょに誰《だれ》かが入ったんじゃないのか？」

と竹内《たけうち》に言われ、冴子《さえこ》はふたつ結びの髪《かみ》を激《はげ》しく振《ふ》った。

「そんなことない。入る前も出た後も人数は変わりないし、知らない顔なんてなかったもの！　だよねぇ？」

冴子《さえこ》に聞かれ、同じ班の子たちも「そうだそうだ」と口々に言った。

うへぇ。

それって、まさしく『座敷童《ざしきわらし》』じゃないか!!

元《げん》は、胃の下あたりがシクシク痛《いた》くなってきていた。

6

「では、聞くけど。部屋《へや》に入る時、扉《とびら》を開けたのは誰《だれ》？」

夢羽《むう》が聞くと、冴子《さえこ》が口をへの字にしたまま手をあげた。

「つまり、扉《とびら》は閉《し》まってた？」

「もちろん」

すると、竹内《たけうち》が手をあげた。

「オレ、閉めたもん」

「わかった。じゃあ、入った後に扉を閉めた人はいる？」

「入った後に？　出た後じゃなくて？」

「そう」

夢羽《むう》に言われ、冴子《さえこ》たちは顔を見合わせた。覚えがないからだが、同時に背筋《せすじ》がゾゾゾっとなった。

「ひぇー、う、うそ。じゃ、誰《だれ》かわたしたちの後から入ってきたってわけ？」

冴子《さえこ》が口に両手を当てて言う。

「え？　どういうこと⁇」

瑠香《るか》が聞くと、冴子《さえこ》は青い顔で言った。

「だからぁ、わたしたちが入った後に誰《だれ》も扉《とびら》閉めなかったわけで。ってことは、最後に誰かが入ってきたかもしれないってことでしょ？」

すると、夢羽《むう》が黙《だま》ってうなずいた。

「そうかぁ。じゃ、そのお化け、冴《さえ》ちゃんたちの後に入ってきて、そんでテーブルの横に座《すわ》ったってわけ？　それ、おかしくない？」

「ううん、わたしはテーブルの横に座ってたなんて言ってないよ？」

「はぁ⁇　だって、座ってたじゃん」

「違《ちが》うってば。わたしたちが見たのは、浴衣《ゆかた》着た人が部屋《へや》の隅《すみ》っこに後ろ向きで立ってたってだけ」

「立ってたのぉおお⁉」

瑠香《るか》が聞くと、「しつっこいなぁ、瑠香《るか》ちゃん！」と、冴子《さえこ》は頬《ほお》をふくらませた。

「じゃ、最後に浴衣を着た人を見たのは？」

「たぶん、わたしたちだと思う」

そう言って手をあげたのは隣《となり》のクラスの女子だった。井上淳子《いのうえじゅんこ》といって、ショートカットでよく日に焼けた顔をしている。

「わたしたちが出てから、すぐ電気ついたから。その後、他の班《はん》はあの部屋《へや》入っていかなかったし」

「なるほど。だったら、その証言《しょうげん》は正しそうだね」

夢羽《むう》がうなずくと、井上《いのうえ》はうれしそうな顔をした。

夢羽《むう》は質問《しつもん》を続けた。

「じゃあ、あなたたちの班が出ていく時、誰《だれ》が最後に扉《とびら》を閉《し》めた？」

またまた空気が緊張《きんちょう》する。

なぜそんな質問をするのかわからないからだ。

すると、ひとりの女子が手をあげた。坂口《さかぐち》まゆりという。

「わたしだと思う。バタンって大きな音、たてちゃったからよく覚えてる」

井上《いのうえ》とは正反対で色白で茶色っぽいふわふわした髪《かみ》の女の子だ。

「それは、扉《とびら》を押《お》した音？　引いた音？」

夢《む》羽《う》が聞くと、坂口《さかぐち》は首を傾《かし》げて答えた。

「ドアを押した音だと思う……」

夢《む》羽《う》は腕組《うでぐ》みをして、首を左右に振《ふ》った。

「そんなはずはないな」

「なんで？　だって、だって本当だもん」

「いや、だって、あの部屋《へや》……引き戸だから。バタンと閉《し》まるようなドアじゃないんだ」

夢《む》羽《う》は両手をそろえ、引き戸を閉めるようなポーズをした。

坂口《さかぐち》は口に両手を当て、目をまん丸にして凍《こお》りつく。

「なんだよなんだよ、どういうことだよぉ！」

島田《しまだ》がすかさず突《つ》っこみを入れる。

坂口《さかぐち》はさかんに喉《のど》のあたりをこすりながら言った。

「ご、ごめん。別の部屋《へや》だったかも……」

「では、他に扉《とびら》を閉《し》めた人、いないわけだね？」

夢羽《むう》が確認《かくにん》すると、井上《いのうえ》たちは顔を見合わせた後、こっくりとうなずいた。

それを見て、今度はめぐみ先生のほうに聞く。

「扉《とびら》はどうなってましたか？　電気がついた時」

めぐみ先生は、きっぱりと答えた。

「もちろん閉《し》まってたわよ！　それに、誰《だれ》もいなかった」

「ずいぶん礼儀《れいぎ》正しいオバケのようですね」

と、夢羽《むう》。

「でもさ、ここ、出るんだろ？」

と、誰かが言った。

「そうそう。座敷童《ざしきわらし》……」

「案外、今もここにいたりして」

その一言で、静かになっていた生徒たちが再《ふたた》び大騒《おおさわ》ぎになってしまった。

「げげ、やめろよぉ!!」

「きゃー、変なこと言わないでよぉ」

「おい、静まれ静まれぇ！」

パンパンとプー先生が手を叩《たた》くと、彼《かれ》の隣《となり》に立った河田《かわだ》が両手を広げ、大声で言った。

「おーい。みんなぁ！」

なんなんだ？　と、みんなが彼《かれ》を見る。

「いちおう座《ざ》敷童《しきわらし》がいないか確認《かくにん》しておいたほうがいいんじゃねえか？」

くだらない！　と、言いつつも近くの顔を見比《みくら》べる。人数も点検《てんけん》してみたが、別に増《ふ》えたりはしてなくて、みんなホっとした。

元《げん》もとりあえずは確認してみる。

小林《こばやし》も大木《おおき》も首を傾《かし》げ、元《げん》を見た。

へへへと、気まずそうに笑うと、小林《こばやし》が言った。

「オレたちも見たんだよなぁ……あの浴衣《ゆかた》のやつ。なぁ？」

大木《おおき》もうんうんとうなずく。

「でも、あれは人間だよ」

「なんでそんなことわかるんだよ！」

元《げん》が聞くと、大木《おおき》はニヤニヤ笑って言った。

「だって、チョコレートの匂《にお》いしてたもん。あれはミルクチョコだね」

7

「おい、茜崎《あかねざき》。で、どういう結論《けつろん》なんだ？」

プー先生が聞くと、

「やっぱり幽霊《ゆうれい》だと考えるのが一番《いちばん》妥当かもしれませんね」

と、夢羽《むう》がシラっとした顔で言った。

「おいおい、勘弁《かんべん》してくれよ」

うんざりした顔でプー先生がため息をつく。

元《げん》も驚《おどろ》いた。夢羽《むう》がそんなことを言うとは思わなかったからだ。

しかし、彼女《かのじょ》はゆっくりと歩きながら言った。

「でも、座敷童《ざしきわらし》ってさびしがり屋なんですよね？　とすると、この近くにいるんじゃないですか？　どこかでわたしたちのことを今も見ているはずですよ。たとえば、このカーテンの後ろ」

急に立ち止まると、床《ゆか》ぎりぎりまでかかった長いカーテンを一気に開いた。

すると、どうだろう！

そこに、見たこともない男の子が隠《かく》れていたのだ。

みんながいっせいに見る。

男の子はあわてて階段《かいだん》のほうへ走って逃《に》げようとした。

「そうは行くかぁ!!」

「待て待てぇぇ!!」

「神妙《しんみょう》にしろぉ」

バカ田トリオが躍《おど》り出て、あっという間に取り押《お》さえてしまった。

男の子にしては長い髪《かみ》。色も白く、一見すると女の子のようだ。

彼《かれ》は口をつぐんで、顔を横に向けていた。

その顔をのぞきこんだ校長先生が、「あら、まぁまぁ！」と声をかけた。

「あなた、大輝《たいき》くんでしょ？」

男の子は、びっくりして校長先生を見上げた。もちろん、校長先生は雪女の扮装《ふんそう》のままである。

プー先生が「あっ！」と叫《さけ》んだ。

「吉田《よしだ》！　……そうか。吉田《よしだ》、来てくれたんだな」

　プー先生も知っているし、校長は名前まで知っている。でも、元《げん》たちは見たこともない顔だ。

「誰《だれ》⁇」

「誰なのぉ⁇」

　と、生徒たちがざわざわし始める。

「あ、わかった。不登校のやつじゃないか？」

　山田《やまだ》が言うと、河田《かわだ》と島田《しまだ》が「あ、そうだそうだ！」と騒《さわ》ぎ始めた。

「こらっ、騒ぐな！」

　ポカポカッとプー先生のゲンコツが三人に飛ぶ。

　その生徒は、ずっと不登校だった吉田《よしだ》大輝《たいき》だった。

　みんなが彼《かれ》の顔を見てもピンとこないのも無理はない。三年の二学期に転校してきたが、結局一日も登校することなく、学校に来なくなっていたからだ。

　元《げん》たちは知らなかったが、プー先生は何度も吉田《よしだ》のところを訪問《ほうもん》していて、移動《いどう》教《きょう》室《しつ》の前にもダメもとで足を運び、パンフレットなどを母親に渡《わた》していた。すごくいいところで、夜には肝試《きもだめ》しなんかをして楽しいと説明をしていたのだ。

「お母《かあ》さんと来たのか？」

プー先生が聞くと、吉田《よしだ》はこっくりうなずいた。

「あ、わかった。ホテルのほうでしょ。昨日《きのう》の夜、あの連絡《れんらく》通路のところから、こっちを見てなかった??」

と、瑠香《るか》が聞いた。

「あっ!!」

思わず元《げん》も声を出してしまう。

あれだ。連絡通路の窓《まど》がひとつだけ開いていて、そこから子供《こども》がこっちを見てた……。

吉田《よしだ》はむくれた顔で、肯定《こうてい》もしなければ否定《ひてい》もしない。

つまり、彼《かれ》だということなんだろう。

「それにしても……なんだ。みんなすっかりだまされたぞ」

プー先生は別に責《せ》めるように言ったわけではないが、それに乗じて、

「そうだよ。なんであんなイタズラしたんだ！」

「ほんとだよ。人騒《ひとさわ》がせなんだから」

と、文句《もんく》を言い出した生徒がいた。

「…………」

吉田《よしだ》は黙《だま》ったまま、また横を向いた。

ちらっと見えた横顔は、まるで泣き出しそうに見えた。

瑠香《るか》が何か言おうと口を開きかけた時だ。

「ぎゃ――っはっはっはっはっは!!」

バカ田トリオの島田《しまだ》がいきなり笑い出した。

みんなギョっとして彼《かれ》を見る。

吉田《よしだ》も驚《おどろ》いた顔。

「ひぃーっひっひっひっひ」

「ぎゃっはっははは」

それにつられたのか、河田《かわだ》も山田《やまだ》も大笑いを始めた。

床《ゆか》や柱を叩《たた》きながらの大爆笑《だいばくしょう》だ。

「ひーっひっひ、何が座《ざ》敷童《しきわらし》だ！　きーっひっひ」

「そうそう。女子なんか、もう寝《ね》られなーいなんて言っちゃって」

「ひひひ、そうそ。めぐみ先生も青い顔してさ。『先生じゃないわ！』だって」

他の生徒たちもだんだんおかしくなってきた。

元《げん》や瑠香《るか》も笑い出す。

窓《まど》を叩く雨音も吹《ふ》き飛ばすほどの笑い声に包まれる。

吉田《よしだ》もびっくりした顔で頭をポリポリかいた。

最初、自分のことを笑っているのかと思った吉田《よしだ》も、自分ではなく、女子や先生のことで笑っているのだとわかったようだ。

プー先生は、彼《かれ》の肩《かた》をつかんで言った。

「ほら、よかったら、吉田《よしだ》もいっしょに夕飯食ってかないか？」

「そうだよ。バーベキュー大会だぞお!!」

と、島田《しまだ》が言う。

「そうだそうだ。吉田《よしだ》なんだろ？　おまえ」

「う、うん……」

吉田《よしだ》がぎこちなくうなずくと、河田《かわだ》が偉《えら》そうに言った。

「オレは河田《かわだ》。そいつが山田《やまだ》でこっちが島田《しまだ》だ。特別に、今だけ、おまえもオレたちのグループに入れてやるよ！」

すると、山田《やまだ》と島田《しまだ》が吉田《よしだ》の手を引《ひ》っ張《ぱ》る。

それを見て、

「ああ、あんまり無理強《じ》いしちゃいけないのに……」

と、音楽の中山《なかやま》先生が心配そうに言った。

相変わらず血だらけの顔のままだ。

太った白装束《しろしようぞく》のプー先生が、にこにこしながら彼女《かのじよ》に言った。

「いや、もしかすると、大人《おとな》たちがはれものにさわるようにしすぎるのがよくないのかもしれませんよ。子供《こども》っていうのは、大人が思うより意外と強いもんです」

バカ田トリオに引っ張り回されながらも、意外と吉田《よしだ》は楽しそうにしている。

瑠香《るか》がぶつくさ文句《もんく》を言った。

「ちぇ、またいいとこだけさらっていっちゃうんだから、あいつら」

そして、隣《となり》で静かに黙《だま》って見ている夢羽《むう》に聞いた。

「でも、どうしてわかったわけ？　彼《かれ》がカーテンの後ろに隠《かく》れてるなんて」

すると、夢羽《むう》は微笑《ほほえ》みながら言った。

「犯人《はんにん》が幽霊《ゆうれい》や座敷童《ざしきわらし》の類《たぐい》じゃないのなら、イタズラしてるだけだってわかってたからね。イタズラの犯人《はんにん》は、みんなが大げさに騒《さわ》いでいるのを見てたいはずなんだ。だから、絶対《ぜったい》近くに隠《かく》れてるだろうと思った。で、ここだったら、カーテンの後ろくらいしかない。実はカーテンの下から足先が見えてるのを確認《かくにん》してたんだ」

「なぁーんだぁ。そういうことだったの？」

瑠香《るか》が感心すると、夢羽《むう》は小さく肩《かた》をすくめてみせた。

ちぇ、何やっても様になる。

元《げん》は、そんな夢羽《むう》を見てはため息をつくのだった。

8

すべての謎《なぞ》が解《と》け、バーベキュー大会は大盛《も》り上がりだった。

そうそう。昨日《きのう》のオリエンテーリングの優勝《ゆうしょう》チームである元《げん》たちと今日《きょう》の肝試《きもだめ》し大会の優勝チームには、それぞれ金メダルと豪華《ごうか》賞品が授与《じゅよ》された。

しかし……。

「なんだよ、そのメダル。手作りじゃねえか！」

「はっはっはっは、幼稚園《ようちえん》じゃねーんだっつうの」

「きゃはっはっは、かっこわりー!!」

バカ田トリオがはやしたてたのも無理はない。金メダルといっても、段《だん》ボールに金紙を貼《は》り付け、赤いリボンを付けたお手製《てせい》のメダルだったからだ。

幼稚《ようち》園児《えんじ》じゃあるまいし、たしかに五年生にもなって、こんなものをつけたりはしたくない。

その上、元《げん》はバーベキュー大会兼表彰式《けんひょうしょうしき》の進行係なのだ。

つまり、自分で「では、次にオリエンテーリングの優勝《ゆうしょう》チームに金メダルの授与《じゅよ》を行います」と言っておいて、自分の首にかけてもらったわけで。これ以上かっこわるいことはない。

瑠香《るか》のほうがよっぽど班長《はんちょう》らしいんだから、元《げん》の代わりに受け取ってくれと頼《たの》んだんだが、そんなかっこわるいことは絶対《ぜったい》できないと断《ことわ》られた。

「なんだなんだ。そんなにかっこわるいか？　先生、さっき一所懸命《いっしょけんめい》作ったのになあ」

普通《ふつう》の服に着替《きが》えたプー先生が頭をかく。どうやら金メダルを作ったのは彼《かれ》らしい。

しかも、さっきってことはあらかじめ用意してなかったってことだ。道理で、あちこちまだ接着剤《せっちゃくざい》がべたべたしてる。

しかも、賞品について書かれた紙を読み上げながら、元《げん》は絶句《ぜっく》してしまった。

「えぇーっと……豪華《ごうか》賞品ですが、校長先生に……宿題を教えてもらえる権利《けんり》、一週間分……。え、ええええ!?」

ゲラゲラとみんなが大笑いする。

元《げん》たちが見ると、いつもの地味な服装《ふくそう》にもどった校長先生はニコニコと微笑《ほほえ》んでいた。

「どんな問題でもだいじょうぶよぉ！　もちろん、ただ答えを教えるんじゃないわよ。ちゃんと考えましょう。その考え方のコツを教えてあげる」

「いやぁー、その権利《けんり》、パスしますぅ！」

「わたしもー」

「オレもー!!」

肝試《きもだめ》し大会で優勝《ゆうしょう》した班《はん》の子たちが口々に言う。

「あらぁ、そんなこと言わないで、ちゃんと校長室に来なさいね」

口調は優《やさ》しいが、ところどころまだ白塗《しろぬ》りが残った顔でジっと見つめられると、誰《だれ》も何も言えなくなる。

元《げん》たちも、まいったなぁと顔を見合わせた。


そんなこんなで無事表彰式《ひょうしょうしき》は終了《しゅうりょう》。

でも、みんなそっちなんてほとんど見ていない。

大きな肉の塊《かたまり》やタマネギ、ピーマンなどをザクザク切ったものを鉄串《てつぐし》に刺《さ》し、それをコンロで焼く。

バーベキューソースをつけ、食べると、これがまたすごくおいしい。

「うまーい！」

「ほんと、すっごいおいしい‼」

みんな歓声《かんせい》をあげ、モリモリと平らげていく。

ボウル山盛《やまも》りのレタスサラダも、大皿に積まれた大きなおにぎりも、あっという間になくなってしまう。

みんなさっきの幽霊騒動《ゆうれいそうどう》なんか、そっちのけで大盛《も》り上《あ》がりだ。

吉田《よしだ》のお母さんもやってきて、プー先生と話していた。

なんでも、お姉《ねえ》さんから、移動教室《いどうきょうしつ》の宿舎《しゅくしゃ》で座敷童《ざしきわらし》が出るという噂《うわさ》を聞き、面白《おもしろ》そうだからようすをのぞきたい、ホテルのほうに泊《と》まりたいと言い出したんだそうだ。でも、まさか宿舎のほうまで行って、カレーを食べたり、オリエンテーリングや肝試《きもだめ》し大会に潜《もぐ》りこんだり、イタズラをしていたとは思いもしなかったらしい。

お母さんはしきりと恐縮《きょうしゅく》し、頭を下げていたが、プー先生は「いやいや、何がきっかけになるかわかりませんからな。ま、これで学校に来たくなればそれでよし。来なくたって、友達《ともだち》はできたじゃないですか。よかったよかった、ガッハッハ」と笑っていた。

いつの間にか雨も上がり、窓《まど》から見る夜空に、星がチカチカと瞬《またた》いている。元《げん》はそれを見上げながら、ほっとしていた。

座敷童なんていなかったんだな……と。

しかし、ここでいやなことを思い出した。あれだ。露天風呂《ろてんぶろ》の一件《いっけん》だ。

連絡《れんらく》通路にいたのが吉田《よしだ》だったのだとしたら、あの露天風呂にいた謎《なぞ》の子供《こども》は誰《だれ》なんだ……？

ぞぉおっと背筋《せすじ》が寒《さむ》くなる。

「おい、元《げん》、何、幽霊《ゆうれい》でも見たような顔してるんだ？」

小林《こばやし》が大木《おおき》といっしょにやってきた。

大木《おおき》は両手に肉や野菜が刺《さ》さった串《くし》を持って、満足そうだ。

「あ、ああ……実はさ」

元《げん》が説明すると、ふたりとも「ふうむ……」と考えこんでしまった。

「元《げん》がそこまで言うなら、やっぱりいたのかなぁ？」

小林《こばやし》が言うと、大木《おおき》が肉をゴクンと飲みこんだ後に言った。

「実はさ。オレ、忘《わす》れてたんだけど、昨日《きのう》のオリエンテーリングの時、侍《さむらい》の像《ぞう》のとこ、あそこで変な手を見たんだ。こう……像の台のとこに手をかけてて。それも吉田《よしだ》くんかい？　って、さっき聞いてみたんだけど。違《ちが》うってさ。たしかにオリエンテーリングの時、塔《とう》の上でみんなのようすは見てたけど、侍の像のとこは行ってないって」

三人は顔を見合わせた。

では、塔の階段《かいだん》をひとり上っていった例の子供《こども》の足は、吉田《よしだ》だったのかもしれない。

でも侍《さむらい》の銅像《どうぞう》で見た手や露天風呂《ろてんぶろ》にいた子《こ》供《ども》の謎《なぞ》はそのままだ……。

しかし、このことは三人だけの秘密《ひみつ》にしておこうと小林《こばやし》が提案《ていあん》した。

せっかくみんななごやかになってるのに、ここでまた変なことを言い出して、騒《さわ》ぎが起こったら……と。考えればそのほうがいい。

「ねぇ、元《げん》くーん、何かナゾナゾ出してよおー!!」

その時、瑠香《るか》が大声で元《げん》を呼《よ》んだ。

テーブルには夢羽《むう》もいる。他の女子たちもいる。

男三人、大きな秘密《ひみつ》を抱《かか》えつつ、おにぎりやバーベキューの串《くし》も抱えつつ、わさわさと移動《いどう》したのだった。

★移動教室《いどうきょうしつ》から帰って

薄《うす》い青空に、ハケでスッスッと描《か》いたような白い雲が浮《う》かんでいる。

すばらしいお天気で、じっとしていても汗《あせ》がにじんでくるくらい暖《あたた》かい。

今日《きょう》は水曜日。移動教室が日曜出発だったので、振《ふ》り替《か》え休日なのだ。

ここは五部林《ごぶりん》公園。元《げん》たちの学校の近くにある公園だ。

そこに、移動教室でいっしょだった元《げん》たちの班全員《はんぜんいん》、つまり、夢羽《むう》、瑠香《るか》、小林《こばやし》、大《おお》木《き》、そして元《げん》の五人。それに、同じクラスの連中が三人。

行くところもないからと、みんなで遊ぶ計画だ。

よく夢羽《むう》も来たもんだと元《げん》は感心する。いまだに、クラスの女子からは浮《う》いた存在《そんざい》の彼女《かのじょ》だが、時々は瑠香《るか》が引《ひ》っ張《ぱ》り出すらしい。

「じゃ、どうする？　タカオニでもする？」

瑠香《るか》が言うと、大木《おおき》が「缶蹴《かんけ》りやろう！」と、ポケットからパイナップルの空き缶を出した。

「空《あ》き缶《かん》持参なのぉ??」

瑠香《るか》があきれたように言う。

「なんだったら、モモ缶もあるよ！」

「いいよいいよ。じゃあ、最初缶蹴《かんけ》りで、次、タカオニでいいじゃん」

瑠香《るか》と仲のいい高橋冴子《たかはしさえこ》が言う。

「了解《りようかい》!! じゃ、最初はグーッ!!」

と、みんな集まってジャンケンを始めた。全部で八人もいるから、なかなか勝負がつかない。何度も「アイコデショ！」と繰《く》り返していると、

「おおー、暇人《ひまじん》がいっぱいいるぞー!!」

と、バカ田トリオがやってきた。

なんとなんと、あの吉田《よしだ》もいっしょだ。

河田《かわだ》たちより頭ひとつ背《せ》が高い。

瑠香《るか》たちが「へー！」という顔で彼《かれ》を見ると、吉田《よしだ》は恥《は》ずかしそうに笑った。

「こいつさ、吉田《よしだ》じゃん。だから、おれたちのグループに正式に入れてやることにしたんだ」

「じゃあ、バカ田トリオじゃなくなるの？」

と、瑠香《るか》。

「誰《だれ》がバカ田トリオじゃ!!」

というようなバカ話をしていた時だ。

元《げん》が何の気なしに公園の横を見ていたら、通りかかった末次要一《すえつぐよういち》とバッチリ目が合ってしまった。

「あっ、末次《すえつぐ》！」

思わず声をかけると、気づかないふりをして行き過《す》ぎようとした彼《かれ》は、思い直したようにこっちを向いた。

例の、塾《じゅく》の試験があるからといって、移《い》

動教室《どうきょうしつ》に参加しなかった生徒だ。

「おい、末次《すえつぐ》！　今日《きょう》もこれから塾《じゅく》かぁ？」

「そんなに塾好きなら、塾と結婚《けっこん》しろ！」

「そうだそうだ!!」

バカ田トリオがすかさずはやしたてる。

末次《すえつぐ》は勉強道具が入っているらしい重そうなカバンを持ち直し、さもバカにしたような顔で言った。

「いつ見ても暇《ひま》そうだな、おまえら」

「ふん、こんないい天気なのに、塾だなんて、おまえのほうがよっぽどおかしいぜ」

河田《かわだ》が言い返すと、末次《すえつぐ》は、

「今日《きょう》は塾がない日でね。これから、図書館で予習さ」

と、鼻で笑うように言った。

「塾もないのに、図書館行って勉強？　ますますもっておかしい。おまえ、いっぺん脳《のう》、検査《けんさ》してもらったほうがいいぜ」

「そうだそうだ!!」

すると、末次《すえつぐ》はムっとした顔で言った。

「オレは、今、勉強して、おまえらなんかが絶対《ぜったい》行けないような大学に行くんだ。それから、いっぱい遊ぶんだ!! その時になって後悔《こうかい》したってもう遅《おそ》いんだからな」

その言い方があまりに強烈《きょうれつ》で、みんな呆《あっ》気《け》にとられてしまった。
もしかすると、同じようなことを親や塾《じゅく》の先生に言われてるんじゃないだろうか。遊ぶのはいつでもできると。元《げん》だって言われたことは何度もある。河田《かわだ》も末次《すえつぐ》の剣幕《けんまく》におされ、黙《だま》ってしまった。
すると、それまで黙っていた吉田《よしだ》がボソっと言った。

「十歳《じっさい》の時は、今しかないよ。今、遊ぶことと、大学に行ってから遊ぶことは同じじゃない」

「誰《だれ》だ、おまえは！」

と、彼《かれ》のことを知らない末次《すえつぐ》が聞いたので、瑠香《るか》が紹介《しょうかい》した。

「ああ、彼《かれ》ね、吉田大輝《よしだたいき》くんって言って、わたしたちのクラスだよ。ほら、ひとり来てなかった生徒、いたでしょ？」

すると、末次《すえつぐ》は露骨《ろこつ》に「なんだ」という顔になった。

吉田《よしだ》はそんな末次《すえつぐ》の顔を見て言った。

「不登校なんかしてるぼくが言うことなんてたいしたことないって、今、思っただろ？」

末次《すえつぐ》はあわてて手を振《ふ》る。

「だ、誰もそんなこと言ってないだろ！」

しかし、吉田《よしだ》はもう末次《すえつぐ》の態度《たいど》を責《せ》めるつもりはなく、泣いてるみたいな笑ってるみたいな、そんな顔で話し始めた。

「ずーっと学校に行きたかった……。でも、どうしても朝になると、動けなくなってしまうんだ……。だから、好きな本や漫画《まんが》ばっかり読んでた。本のなかじゃ、ぼくは仲間と冒険《ぼうけん》したり、いろんな謎《なぞ》を解《と》いたり、ケンカしたりできるからね。

でも、それは本当のぼくじゃないんだ。そんなこともよくわかってた。冒険してるのは本のなかの人物であって、ぼくじゃない。

ずっとずっと考えてたんだ。本当の仲間と冒険するのって、どんなんだろうって。いつか……いつかは、自分の部屋《へや》から飛び立てる日が来るって、どこかで思ってた。ドアは開かれるって。

でも、違《ちが》うんだよ。ドアを開くのは自分だし、それに、いつかじゃダメなんだ。今じゃなきゃ。ぼくは、それをこの二年かけて考えて、やっとわかったんだ」

せきを切ったように話し続ける吉田《よしだ》のようすに圧倒《あっとう》され、みんな息をのんで聞いていた。

元《げん》も瑠香《るか》も何も言えない。

末次《すえつぐ》も。

夢羽《むう》だけは風に吹《ふ》かれながら、ブランコの柵《さく》に座《すわ》り、空を見上げていた。

そして、吉田《よしだ》が話し終わると、末次《すえつぐ》のほうを向いてボソっと言った。

「受験するんだって、たまには太陽の下で運動したほうがいいよ。そうじゃないと、いざという時に脳《のう》が活性化されないという研究が、この前アメリカの学会で発表されたばかりだ」

末次《すえつぐ》は驚《おどろ》いて夢《む》羽《う》を見た。

彼女《かのじょ》は塾《じゅく》にも行かず、いつも居《い》眠《ねむ》りばかりしているのに、クラスで二番目に成績がいい。いつか抜いてやると必死にやってるのに、どうしても無理なのが不思議でならなかったのだ。

「たしかに、そういう記事、オレも新聞で読んだなぁ」

小林《こばやし》がうなずく。

一番目に成績《せいせき》のいい小林《こばやし》までがそう言うのだから、末次《すえつぐ》としては無視《むし》できない。

驚《おどろ》いて元《げん》が小林《こばやし》を見ると、彼《かれ》は意味深にニコっと笑った。

こいつ、適当《てきとう》に言ってんな!? とは思ったが、何も言わないでいると、

「そうよそうよ。体力も必要だぞってプー先生、言ってたじゃない?」

「うんうん、そうじゃないと肝心《かんじん》の受験の時風邪《かぜ》ひいたりするらしいよ」

と、瑠香《るか》や冴子《さえこ》も言い出した。

みんなに言われ、末次《すえつぐ》は顔をしかめた。

カバンをギュっと持つ手が白くなっている。

そんな彼《かれ》を見て、元《げん》は少したまらない気分になった。

末次《すえつぐ》だって、十歳《じっさい》の男の子だ。そりゃ遊びたいに決まってる。

なのに、自分でこうと決めて、必死にがんばってるんだ。

オレだって、本当はもうちょっと勉強とかしたほうがいいだろうなっていうのはわかってるけど。やっぱすぐ誘惑《ゆうわく》に負けて、ゲームしたりテレビ見たりする。そしたら、時間なんかあっという間に過《す》ぎて、風呂《ふろ》入って夕飯食ったらすぐ眠《ねむ》くなる。寝《ね》たら絶対《ぜったい》起きないし、そんなこんなで、またあしたになってしまう。

その点、こうして自分をコントロールしてコツコツやってる末次《すえつぐ》は偉《えら》い。絶対、マネできない。

でも、たまにはいいんじゃないのか？　遊ぶんだって。

「今日《きょう》、塾《じゅく》ないんだろ？　だったら、遊ぼうぜ！　今から缶蹴《かんけ》りするんだ」

元《げん》が大きな声で言った。

末次《すえつぐ》はちょっとびっくりした顔で元《げん》を見た。

「早く来なさいよ。今、ジャンケンしてたんだから！」

瑠香《るか》がワザとツンケンした言い方で言う。

すると、やっぱり断《ことわ》るのかなと思ったのに、末次《すえつぐ》はしぶしぶやってきて、カバンをベンチに置いた。

「わかったよ。じゃあ、三十分だけだからな」

その時、シャ――っと彼《かれ》の顔にいきなり水がかかった。

「う、うわぁっ!!　な、何する」

「へっへっへ。スキあり！」

河田《かわだ》が水飲み場の水を指で押《お》し、水鉄砲《みずでっぽう》のように浴びせかけたのだ。

「ったく、このやろっ！」

両手をあげ、末次《すえつぐ》が河田《かわだ》たちのほうに走っていく。

今度は水が夢羽《むう》のほうへ!!

「あ!!」と元《げん》が声をあげたが、間一髪《かんいっぱつ》、ヒョイと夢羽《むう》がさけた。

「うあぁぁぁあ!!」

代わりに、後ろにいた元《げん》の顔に見事命中。

「つ、つめてぇええ!!　ったく。やったなぁ!」

「きゃあぁー!　や、やめ、缶蹴《かんけ》りやんないの?」

「知るか!」

「わわわ……!」

小林《こばやし》も大木《おおき》もひーひー言いながら逃《に》げ回る。

女子たちもゲラゲラ笑い転げている。

それを見て、少し控《ひか》えめに笑っていたのが吉田《よしだ》だ。

しかし、その吉田《よしだ》にも容赦《ようしゃ》なく水がかかった。

「わあぁ!　つ、つめたい!!」

「ひーっひひ、ぼーっと突《つ》っ立ってるのが悪い」

「このお――!!」

いつまでたっても缶蹴《かんけ》りは始まらない。

元《げん》たちの歓声《かんせい》が高い空に吸《す》いこまれていく。

そんな空の下、パイナップルの空《あ》き缶《かん》だけがポツンと取り残されていたのだった。

おわり

IQ《アイキュー》探偵《たんてい》ムー

キャラクターファイル

IQ《アイキュー》探偵《たんてい》ムー

キャラクターファイル

#11

名前………河《かわ》田《だ》一《かず》雄《お》

年…………10歳《さい》

学年………小学5年生

学校………銀杏《いちょう》が丘第一《おかだいいち》小学校

家族構成《こうせい》…父／英雄《ひでお》　母／康子《やすこ》（両親は河田《かわだ》酒店を営《いとな》む）

姉／さやか（漫画家《まんがか》を目指す）　祖父《そふ》／一郎《いちろう》　祖母／千恵子《ちえこ》

外見………白目がちな大きな目。背《せ》も高いほうで、

バカ田トリオの中では一番体格《たいかく》がいい。

性格《せいかく》………5年1組の委員長だが、その自覚はまるでゼロ。落ち着きがなく

オッチョコチョイ。バカ田トリオの中では、リーダー的存在《そんざい》。

IQ《アイキュー》探偵《たんてい》ムー

キャラクターファイル

#12

名前………山田《やまだ》　一《はじめ》

年…………10歳《さい》

学年………小学5年生

学校………銀杏《いちょう》が丘第一《おかだいいち》小学校

家族構成《こうせい》…父／孝《たかし》（サラリーマン）　母／恭子《きょうこ》

すぐ下の弟／圭《けい》　その下の弟／悠《ゆう》　一番下の妹／愛《あい》

外見………童顔でかわいい顔だが本人はあまり気に入っていない。

性格《せいかく》………落ち着きがなく、こりない性格《せいかく》。勉強面以外のことでは記憶力《きおくりょく》ばつぐん。

あとがき

こんにちは。深沢美潮《ふかざわみしお》です。お元気ですか??
『飛ばない!? 移動教室《いどうきょうしつ》』の下巻《げかん》をすぐにお届《とど》けできて、とてもうれしいです。つづきって気になりますもんね。「朝日小学生新聞」に連載《れんさい》させていただいたおかげで、新しい読者さんが増《ふ》えたみたいで、それも本当にうれしいです。

さあ、いよいよ移動教室《いどうきょうしつ》も大詰《おおづ》めです。みんなで作って食べるカレー、露天風呂《ろてんぶろ》、夜の大騒《おおさわ》ぎ……。こういう時って、なかなか寝付《ねつ》けないと思うのですが、結局、みんな朝から大はしゃぎしてるでしょ。実は疲《つか》れてるから、案外あっけなく寝てしまったりするもんです。

でも、辛《つら》いのは、ひとり寝そびれてしまったような人。みんな寝てしまったから、話し相手もいない。電気もつけられず、本を読んだりもできない。ゴソゴソしてたら、隣《となり》の人から「うーうう」なんて言われて、息もひそめてなくっちゃいけない。こうなると、かなり辛いです。

気づくと、自分は今までどんなふうに息をしてたんだろうか？　と思うくらいに、呼吸《きゅう》をするのも苦しくなったりします。

そういう時のいい解決策《かいけつさく》をお教えしましょう。

まず、目を閉《と》じます。体をリラックスさせて、手や足をギュっと握《にぎ》ったり、力を抜《ぬ》いたりしてみます。その後、大きく深呼吸。ゆっくりゆっくり、すーっと吸《す》いこんで、はぁーっとまたまたゆっくり吐《は》き出します。それが終わったら、今度は目の体操《たいそう》。まぶたは閉《と》じたままで、ぐるぐるっと右左、上下動かしてみましょう。

それができたら、今度は想像《そうぞう》します。もし、今百円あったら、何に使おうかって。それも具体的に。チョコレートを近所のコンビニで買おうかとかね。まぁ、百円くらいならあまり想像力《そうぞうりょく》も働かないでしょうから、今度は思い切って五百円に値上《ねあ》げしましょう。

あ、でも、その前にさっきやったのと同じことをします。体リラックス、手足の運動、深呼吸、目の体操……。五百円玉を握って、外に飛び出す想像をしてください。コンビニで、チョコレートとポテチと、肉まんも買えます。近所の文房具屋《ぶんぼうぐや》で、ノートとシャーペンとシールも買えますね。何度かお母さんたちと行ったオモチャ屋で、小さなプラモデルを買えるかも。

……そんな想像《そうぞう》をしてるうち、ふと気づくと朝だったりしますよ。


ああ、それでそれで。新聞に連載《れんさい》していた時は、一日目の夜のこととか二日目《ふつかめ》の登山や牧場体験などは、ぜーんぶカットしました。だから、今回は特別プレゼントです！

こんなに盛《も》りだくさんでいいの？　と思うくらい、いろんな夢羽《むう》や元《げん》たちを楽しんでいただけると思います。

下巻《げかん》の後書きで書きますとお約束した、スーパー先生のお話。そう、めぐみ先生のことです。ここからは本を読み終わってから読んでください。楽しみが減《へ》ってしまいますからね。

実は、めぐみ先生、本当に移動教室《いどうきょうしつ》の肝試《きもだめ》しの時、今回の話とまったく同じ体験をされたんだそうです。先生の他には誰《だれ》もいないはずなのに、浴衣《ゆかた》を着た謎《なぞ》の人をみんなが見たんだって。夢羽《むう》の話には犯人《はんにん》がいますが、めぐみ先生の場合は謎のままなんだそうです。つまり……幽霊《ゆうれい》!?　ぞぞぞーっとしますよね。

でも、わたしは恐《こわ》がりのくせに、こういう話が大好きです。今度は、こういう話を書きたいなぁと思っています。

さて。この本をお届《とど》けできる頃《ころ》はすでに二月ですね。でも、後書きを書いている今は、もうすぐクリスマスという時期なんです。うちには、サンタさん、今年《ことし》も来てくれるでしょうか。

わたしはサンタさん、信じてます。というのは、本当に目撃《もくげき》したことがあるからです！

またまた〜と言うなかれ。

ドイツに行った時のこと。クリスマス時期だったので、とても寒く、昼過《ひるす》ぎにはすぐ暗くなってしまいます。時差ぼけもあって、ホテルでうつらうつらしていた時。窓《まど》から、ほんのりと光が差しているのに気づいて起きました。外はもう真っ暗。雪も静かに降《ふ》っています。

窓の外は、ホテルの裏庭《うらにわ》。細長い路地になっているのですが、その先……T《ティー》字路になっている突《つ》き当たりにサンタさんがいました。

ソリのようなものもありました。トナカイはいませんでしたが。

ただし、恐《おそ》ろしく背《せ》の高い細い人で、白い髪《かみ》は腰《こし》に届《とど》くほど長く、白い顎髭《あごひげ》も胸《むね》のあたりまで垂《た》らしてました。赤い服も着ていて、帽子《ぼうし》はながーくて。

顔はよく見えませんでしたが、じっと立っていて、やがてすーっと路地の先を歩いて行ってしまいました。

不思議なのは、街灯もないのに、彼《かれ》の周りだけほんのりと明るいことです。雪明かりなのかもしれませんが、それにしても少し違《ちが》うような気がします。

その間、わたしは声も出せず、固まってました。

ドイツでは、クリスマス市というのがあります。広場はクリスマス一色。移動《いどう》遊園地もやってきて、大変なにぎわいです。二階建てのメリーゴーランド、小さなジェットコースター、的あてゲーム……。屋台もいっぱい出ます。

クリスマス用の飾《かざ》りを売ってたり、ロウソクやお菓子《かし》を売ってたり、ソーセージやハーブチキンの店、ホットオレンジやホットワインの店等々。

サンタさんを目撃《もくげき》した後、クリスマス市に行ってみました。すると、サンタさんやトナカイといっしょに写真を撮《と》りましょうと商売をしている人もいました。

そのサンタさんは、でっぷり太って、赤ら顔の、いかにもサンタさんという人。あの背《せ》が高く細いサンタさんではありません。捜《さが》し歩きましたが、結局、彼《かれ》はどこにもいませんでした。

あの人はいったいなんだったんでしょうね。それに、だいたい、なぜほんのりと彼の周りだけ明るかったのでしょうか？

わたしは考えます。

サンタさんは、その子供《こども》と親が夢《ゆめ》を見たい、大切にしたいと思う心があるうちは存在《そんざい》するんだって。プレゼントが届《とど》くとか、届かないって問題ではなく、ね。

もし、「もうあなたは子供じゃないんだから、今年《ことし》からサンタさんは来ないわよ」とお母《かあ》さんたちに言われたとしても、だいじょうぶです。

みなさんが大人《おとな》になって、おとうさん、おかあさんになった時、もう一度サンタさんに会えるでしょう。楽しみに待っていてくださいね。

……って、ずいぶん時期はずれなお話をしました。今年《ことし》がスタートしたばかりだというのにね！

ではでは、また夢羽《むう》ちゃんともども、よろしくお願いします。

もし、よかったら、わたしの他の本『フォーチュン・クエスト』や『デュアン・サーク』も読んでみてください。あわせて、感想をお待ちしています。

深沢美潮《ふかざわみしお》

★おまけ

124ページのナゾナゾの答え、わかりましたか？

答えは「はてちむけぜい」。

何のことだかわからないって？　ふふふ、この答えの解《と》き方は、上巻《じょうかん》のオリエンテーリングで出てきたやり方を使えばわかります。「ひとつ先を読め」これがヒント。わかったかな？

IQ探偵シリーズ⑤
IQ探偵ムー 飛ばない!? 移動教室〈下〉

2008年3月　初版発行
2017年11月　第8刷

著者　深沢美潮《ふかざわみしお》

発行人　長谷川 均

発行所　株式会社ポプラ社
〒160-8565 東京都新宿区大京町22-1
［編集］TEL:03-3357-2216
［営業］TEL:03-3357-2212
URL www.poplar.co.jp
［振替］00140-3-149271

イラスト　山田Ｊ太
装丁　荻窪裕司（bee's knees）
DTP　株式会社東海創芸
編集協力　鈴木裕子（アイナレイ）

印刷・製本　大日本印刷株式会社

ISBN978-4-591-09691-8　N.D.C.913　186p　18cm
Printed in Japan

本書は、2006年２月にジャイブより刊行されたカラフル文庫を改稿したものです。

ポプラ ポケット文庫

児童文学・上級～

風の丘のルルー 村山早紀／作 ふりやかよこ／絵
①魔女の友だちになりませんか？ ②魔女のルルーとオーロラの城
③魔女のルルーと時の魔法 ④魔女のルルーと風の少女

らくだい魔女シリーズ 成田サトコ／作 千野えなが／絵
①らくだい魔女はプリンセス ②らくだい魔女と闇の魔女 ③らくだい魔女と王子の誓い
④らくだい魔女のドキドキおかしパーティ ⑤らくだい魔女とゆうれい島 ⑥らくだい魔女と水の国の王女
⑦らくだい魔女と迷宮の宝石 ⑧らくだい魔女とさいごの砦 ⑨らくだい魔女と放課後の森

きつねの窓 安房直子／作 吉田尚令／絵

青いいのちの詩 ―世界でいちばん遠い島― 折原みと／作・写真

翼のない天使たち 折原みと／作

ときめき時代 折原みと／作・絵
①つまさきだちの季節 ②まぶしさをだきしめて
③あいつまであと2秒 ④旅立つ日

風の天使《エンジェル》 ―心の扉が開くとき― 倉橋燿子／作 佐竹美保／絵

天使の翼 ―心がはばたくとき― 倉橋燿子／作 佐竹美保／絵

十二歳シリーズ 薫くみこ／作 中島 潔／絵
①十二歳の合い言葉 ②あした天気に十二歳 ③十二歳はいちどだけ
④きらめきの十二歳 ⑤さよなら十二歳のとき

ふーことユーレイ 名木田恵子／作 かやまゆみ／絵
①ユーレイと結婚したってナイショだよ ②星空でユーレイとデート ③恋がたきはおしゃれなユーレイ
④ロマンチック城ユーレイツアー ⑤61時間だけのユーレイなんて？ ⑥ユーレイ列車はとまらない
⑦ほん気で好きなら、ユーレイ・テスト ⑧ユーレイに氷のくちづけを ⑨お願い！ ユーレイ♥ハートをかえないで
⑩ユーレイ通りのスクールバス ⑪知りあう前からずっと好き ⑫ユーレイのはずせない婚約指輪
⑬ユーレイ♥ミラクルへの招待状 ⑭ユーレイ♥ラブソングは永遠に

教室 ―6年1組がこわれた日― 斉藤栄美／作 武田美穂／絵

Dragon Battlers 闘竜伝 渡辺仙州／作 岸和田ロビン／戸部 淑／絵
①夢への1歩 ②ライバル登場!? ③レギュラー決定戦スタート!!
④ゲキ闘！地区予選 ⑤終わりは始まり

ヒカリとヒカル 夏 緑／作 山本ルンルン／絵
①ふたごの初恋相談室 ②ふたごのオシャレ教室 ③ふたごの相性テスト

天才探偵Sen 大崎 梢／作 久都りか／絵
①公園七不思議 ②オルゴール屋敷の罠 ③呪いだらけの礼拝堂
④神かくしドール

七つ森探偵団ミステリーツアー 松原秀行／作 三笠百合／絵
①名探偵博物館のひみつ ②タイタニック・パズル

Poplar Pocket Library

小学校初・中級〜　小学校中級〜　小学校上級〜　中学生向け

ふしぎ探偵レミ　村山早紀／作　森友典子／絵
①月光の少女ゆうかい事件　②なぞの少年と宝石泥棒　③なぞの少年とコスモスの恋

くらげや雑貨店　長谷川光太／作　椿 しょう／絵
①「くだらスゴイ」ものあります。②笑小町の怪しいほほえみ　③一休さんの㊙アルバイト

魔法屋ポプル　堀口勇太／作　玖珂つかさ／絵
①「トラブル、売ります♡」　②プリンセスには危険なキャンディ♡　③砂漠にねむる黄金宮
④友情は魔法に勝つ!!

鬼ヶ辻にあやかしあり　廣嶋玲子／作　二星 天／絵
①鬼ヶ辻にあやかしあり　②雨の日の迷子　③座敷の中の子

黒薔薇姫シリーズ　藤咲あゆな／作　椿 しょう／絵
①黒薔薇姫と７人の従者たち　②黒薔薇姫と正義の使者　③黒薔薇姫と幽霊少女

おまかせ☆天使組！　山田うさこ／作　宮川由地／絵
①禁じられたクリスマス　②見習い天使 VS らくだい天使

科学探偵部ビーカーズ！　夏 緑／作　イケダケイスケ／絵
①出動！ 忍者の抜け穴と爆弾事件　②激突！ 超天才小学生あらわる　③怪盗参上！ その名画いただきます

ダイエットパンチ！　令丈ヒロ子／作　岸田メル／絵
①あこがれの美作女学院デビュー！　②あまくてビターな寮ライフ　③涙のリバウンド！そして卒寮！

霊界交渉人ショウタ　斉藤 洋／作　市井あさ／絵
①音楽室の幽霊　②月光電気館の幽霊

http://《ホームページ》妖怪探偵局　松島美穂子／作　日本橋恵太朗／絵
①〜お悩み募集中〜　②家出っ子捜索中

スターチャレンジャー　香西美保／作　碧 風羽／絵
銀河の冒険者